胡胜

没有什么是做不好的，

只要你想做好，

就一定能做好。

"大国工匠人物传"丛书

胡胜

雕刻金色时光的『工人院士』

李兴◎著

中国工人出版社

图书在版编目（CIP）数据

胡胜：雕刻金色时光的“工人院士” / 李兴著. 北京：中国工人出版社，2025. 4. -- ISBN 978-7-5008-8588-7

Ⅰ. I25

中国国家版本馆CIP数据核字第2025FV6864号

胡胜：雕刻金色时光的“工人院士”

出 版 人 董　宽
责任编辑 陈培城
责任校对 张　彦
责任印制 黄　丽
出版发行 中国工人出版社
地　　址 北京市东城区鼓楼外大街45号　邮编：100120
网　　址 http://www.wp-china.com
电　　话 （010）62005043（总编室）
（010）62005039（印制管理中心）
（010）62379038（社科文艺分社）
发行热线 （010）82029051　62383056
经　　销 各地书店
印　　刷 三河市万龙印装有限公司
开　　本 880毫米×1230毫米　1/32
印　　张 6.25
字　　数 105千字
版　　次 2025年6月第1版　2025年6月第1次印刷
定　　价 49.00元

国之大者，工匠先行

——“大国工匠人物传”丛书总序

在中华全国总工会成立100周年之际，全国总工会宣传教育部、中国报告文学学会、中国工人出版社联合开展了“文艺工作者走基层”活动，推出“大国工匠人物传”丛书，向全国总工会献礼，向广大劳动者致敬！

“知者创物，巧者述之守之，世谓之工。百工之事，皆圣人之作也。”这是中国所见年代最早的关于手工业技术文献《考工记》中对工匠的记载。“工”之责在于造物，“匠”者为能工鼎识者也。

幼时，老家云南昆明大板桥的老街上，从南头到北头，都是大大小小的手艺人，木匠、石匠、焗匠、骟匠、竹篾匠、鞋匠、箍桶匠……空气中飘荡着木匠的刨花香和石匠敲打出来的粉尘，充满着焗匠手中皮带的“吱扭扭”声、骟匠刀下小猪猡的闷哼、箍桶匠皮锤不轻不重的敲击声。老街上的竹篾匠是我的一个表姨夫，他来自四川，有着一手出神入化的编造竹篾手艺。粗壮的毛竹是表姨夫手中的“百万雄兵”，在一把锋利无比的刀的指挥下，被劈成厚薄、粗细不一的篾。表姨夫的本领仅次于撒豆成兵的天神，他能化篾成物，一般家里能见到、用到的器物，他都能用竹篾编出来。母亲曾命我在老街上买一个暖水瓶的内胆，然后去表姨夫的摊位上，坐等他为暖水瓶胆编制一件竹制的外壳。那个暖水瓶至今还在我家老屋的一个角落里。竹篾壳早已被岁月包了浆，虽然久不使用，却依然油润、红亮。这便是我幼时对匠人的记忆。

五千多年的中华历史长河中，涌现出了无数能工巧匠，他们或如明月光照，或如星河璀璨。一代代薪火相传的工匠精神，不仅成就了那些流芳百世的绝世建筑与器物，更是烛照我们通向文明现代化进程的精神之光，是我们文化的自信心、民族的根与魂。

从“嫦娥”探月到“祝融”探火，从“北斗”组网到“蛟龙”深潜，从港珠澳大桥横跨三地到大兴国际机场凤凰腾飞……这些挺起中华民族脊梁的大国重器、世纪工程背后，无不凝聚着万千工匠的心血和汗水，映照着工匠们孜孜以求、拼搏奋进的身影。

本套丛书收录的是全国总工会历年评选出的大国工匠

的人物传记。他们当中有焊接高铁的“工人院士”李万君、打破国外高端设备维修垄断的王树军、让中国锻件立于世界之巅的刘伯鸣、“人刀合一”的顶级钳工李凯军、在高空“穿针引线”的竺士杰、油田里的创新能手刘丽、了不起的“钢铁裁缝”艾爱国、数控机床上的“雕刻师”孟维、让三星堆文物“活”起来的郭汉中……他们有的是传统加工业的锻造者，为了突破技术瓶颈精益求精；有的是新兴制造业的探路者，为了实现精密制造巧思妙想；有的是军工行业的铸剑者，为了打造国之重器默默坚守；有的是民间手工艺的守护者，为了传承非遗文化精雕细琢……他们奋战在国防军工、装备制造、传统工艺等行业的第一线，以久久为功的钻研和创新，造就了一个个传奇。

这些杰出的工匠，尽管行业不同、岗位不一，成长经历各异，但他们都有着爱党爱国、敬业奉献、创新争先的优秀品质。他们耐得住清贫与寂寞，用灵巧的双手和精湛的技艺，数十年如一日地在平凡的岗位上雕琢自己心中的梦想，以实际行动诠释着“执着专注、精益求精、一丝不苟、追求卓越”的工匠精神。“天下大事，必作于细。”工匠精神既是中华民族技艺世代传承的价值理念，又是中国开启新征程，从制造业大国迈向制造业强国的时代需要。

“大国工匠是我们中华民族大厦的基石、栋梁。”2024年3月5日，习近平总书记参加十四届全国人大二次会议江苏代表团审议时强调“树立工匠精神”，指出“没有金刚钻，揽不了瓷器活”，要“把第一线的大国工匠一批一批培养出来”。党的十八大以来，习近平总书记对建设高素质劳动大军高度重视，强调“当代工人不仅要有力量，还要有智慧、有技术，能发明、会创新，以实际行动奏响时代主旋律”，深刻阐述工匠精神“执着专注、精益求精、一丝不苟、追求卓越”的内涵要义，号召全社会弘扬工匠精神，“为全面建设社会主义现代化国家、实现中华民族伟大复兴的中国梦提供有力人才和技能支撑”。

“匠心聚，百业兴。”无论是传统产业，还是新兴产业、未来产业，大国工匠在发展新质生产力的历史进程中不可或缺。随着经济发展方式转型和产业结构升级，中国要实现由制造大国向制造强国的转变，实现由中国制造向中国创造的跨越，离不开广大劳动者的创新和创造，更离不开对工匠精神的继承和发扬，于是呼唤更多大国工匠成为时代强音。

文艺是时代进步的号角，最能代表一个时代的风貌，最能引领一个时代的风气。中国报告文学学会、中国工人出版社联袂推出“大国工匠人物传”丛书，以图书的形式为大国工匠树碑立传，让他们的故事和精神具有更广泛的交流传播价值和长久的史料价值。本套丛书的写作者奔赴大国工匠生活的城市，深入大国工匠工作的厂区、车间、工作室，获取了全面细致的第一手材料，最终将大国工匠的成长、成才故事呈现在读者面前。

“大国工匠人物传”丛书讲述的是个人奋斗史，也描绘出大国工匠的群体形象。可以说，这套丛书是目前国内系统研究众多大国工匠人生轨迹的权威读本，既有对每位大国工匠的整体介绍和事迹梳理，又有具体的事件、案例，全面、生动地展示了大国工匠各个人生时期的工作和生活状态。

新时代是奋斗者的时代，中国式现代化建设新征程这一宏伟事业为广大工匠技能人才成就梦想提供了广阔舞台。每位劳动者都是主角，都可以成为工匠精神的践行者。大国工匠是新时代的最美奋斗者，更是和平年代当之无愧的英雄。

国之大者，工匠先行，向着中华民族伟大复兴的目标砥砺奋进，行稳致远。

是以为序。

目　录

楔子

节气从不撒谎，高温如约而至，这是“秋老虎”带来的步调一致。2024 年 9 月 1 日凌晨，笔者从昆明往南京赶。但是，南京的最低气温比昆明的最高气温还高出 1 摄氏度。

地铁、公交、步行，93 分钟才抵达酒店。入住后，此行拜会的主人公胡胜还未到达。几欲电话，终究放下了手机。

热望被高温鼓胀，肠胃却已向饥饿妥协。顶着高温步行了 12 分钟，终于吃上了馋涎已久的锅贴和狮子头。那瓶南通出产的金陵冰镇生啤，及时摁住了可能冒出的热辣烦躁。

笔者坚信胡胜会来。经过三番五次沟通才开启的南京之行的现实告诉笔者，胡胜太忙。谁让他是“大国工匠”呢?

虽然与胡胜所在的宣传部门协调的采访时间为6天，但胡胜明确表示，只能给3天，其中一些时间还只能安排在中午或者晚上。

在胡胜、出版社编辑与笔者临时组建的三人微信群中，笔者一直在了解胡胜的行踪，希冀早日能走近胡胜。9月1日，胡胜上午要送女儿到大学报到，下午可以空出半天，笔者趁机前往。

时间在不经意间流向傍晚，笔者已经在下榻的酒店苦等了6个小时，宝贵的半天就这样泡汤了。到了饭点，胡胜终于发来微信消息。他说，城里太堵，让我直接到餐馆见面。

拥堵的高峰期，笔者步行前往。没走多远，刚换上的T恤再次湿身。

“对不起、对不起、对不起。”胡胜起身抱拳，一连说了三个对不起。丰盛的淮扬菜已经上桌，胡胜边说边往笔者和他的酒杯里斟酒。

“没事、没事、没事。”笔者立即回之以三个“没事”。笔者趁机打量了眼前这位炙手可热、声名远播的“大国工匠”。衣着雪白T恤的胡胜，看上去要比1974年出生的他的实际年龄年轻和精神得多，一米七左右的身板健壮敦实，脸面宽阔白皙，眉眼、肌肤、表情都得到了很好的

胡胜工装照

管理，精气神中透射出一个执着于干事创业者的阳刚和底气。

“刚送完孩子，所里又要急着研究一个很快就要上马的产品生产方案。紧赶慢赶，现在才到，让您久等了。”胡胜一脸歉意，“您”字的咬音也很重。说完，胡胜与笔者碰了一下杯。见笔者酒杯端得很低，他两次调低了杯沿的位置，确保杯沿在笔者酒杯杯体的正中间碰杯后，先干为敬。

沉稳中不乏实诚，谦逊里透着耿直。这是一个儒雅的江南男人的标配，胡胜的身上没有那些声名显赫者趾高气扬的做派。久等的不爽，在笔者心里慢慢消隐。

尽管不胜酒力，笔者也就势将这杯酒倒进了口中。趁胡胜斟酒的时机，笔者观察了这位人称“最美刀王”的手，似乎与常人的手并无差别。胡胜不明就里，尴尬地伸缩着右手的五个手指，也没有揣测出什么。

胡胜絮絮叨叨介绍着夫子庙、秦淮河、中山陵、紫金山，讲述着六朝古都的南京为什么不包含大明王朝的原因。笔者想听的不是这些，时不时会把话题岔向此行的采访。说起生养之地的古都南京，胡胜的熟稔之识少有人能及，自豪之情溢于言表。

即便笔者心急如焚，也只能由他信马由缰。忐忑于胡胜会在接下来到底给笔者多少采访时间，笔者的忧虑写在脸上。

“您是不是中暑了？楼下就有药店，我去给您买点药。”胡胜并没有看懂笔者这张有目的的脸。

“我的南京之行只有 4 天，不知道您能给我多少采访时间？”笔者苦笑着直接兜出了焦虑。

“哈哈，原来您是担心这个。我今天下午请示了领导，领导让我今后 3 天啥事都别管，全力配合您的采访。3 天时间够不够？”胡胜笑着给笔者递过“定心丸”。

“够了，够了，够了！”3 天时间，出乎预料，笔者不用再担心胡胜只用半天时间就讲完他五十岁的故事，遂端起满满一杯酒，与胡胜碰杯后，一口闷了。

愉悦的心情推着彼此的谈吐往夜的深处走。饭馆的打烊还是终止了我们的聊叙。

本为公务，胡胜却执意要个人请笔者吃饭。胡胜说，为他著书立传，不尽地主之谊，说不过去。

一瓶酒很快见底。酒瓶上的“舍得”两字赫然在目，酒名让我浮想联翩，给饭局平添了一些温馨。

各自归宿。笔者沿着秦淮河走回酒店。夜晚炎热依旧，湿热的夜风如常，舒爽却是别样的。

第一章 岂止是幸运

数字，就是游戏。幸运数字，有偶然，也有必然；有掌控之中，也有意料之外。我们不能完全将被很难发生的好事眷顾，都归结为机遇好和运气好，但要信服这样一个道理：大多数幸运的降临，都是天道酬勤的回馈。

也许每个人都有自己的幸运数字，比如胡胜逢“9”的年份，都是他的幸运年份。这是笔者从采访前阅看有关胡胜的宣传报道中梳理出来的。

胡胜没有时间和精力去琢磨和总结这些。但他心里肯定生出了疑问，难道这个并不熟识自己的作家，比他这个当事人还清楚这些？胡胜对此不以为意，但笔者还是想将这些疑问详解给他，将这些幸运知晓于他。

且以“倒金字塔”的方式由高往低说。

没有逆时针下走动的光阴。但是，重返的记忆需要时光回流。

“2019 年，您被评为‘大国工匠’，算不算自己的幸运年份？”笔者给胡胜列出了第一单。

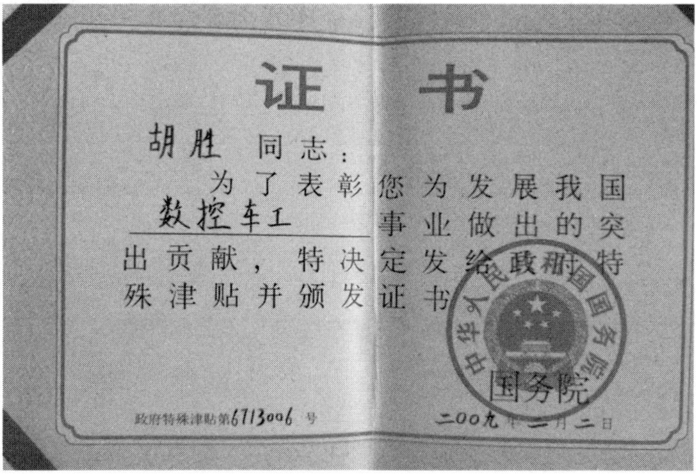

胡胜的“国务院政府特殊津贴”证书

“那肯定算。”胡胜当即认可。

这项评选活动由全国总工会、中央广播电视总台联合举办，每次只评出10人，是全国工人的“天花板”。这是这项评选活动的第二届，这无疑是胡胜人生的高光时刻。

2019年，在胡胜身上还有一件喜事。无论我怎么提示和点拨，胡胜接连吸了几口烟，都想不起来，足见其在这方面的不敏感和不在意。

“您儿子胡瀚文也是2019年出生的吧？”笔者不想再让胡胜苦思冥想。

“对呀，这绝对是天大的喜事。我咋把这事给忽略了。”胡胜一拍大腿，大笑着回应。

“这纯粹是个意外。”胡胜紧接着补充。

2016年1月，全国全面放开生育二胎政策，对于渴望再要一个孩

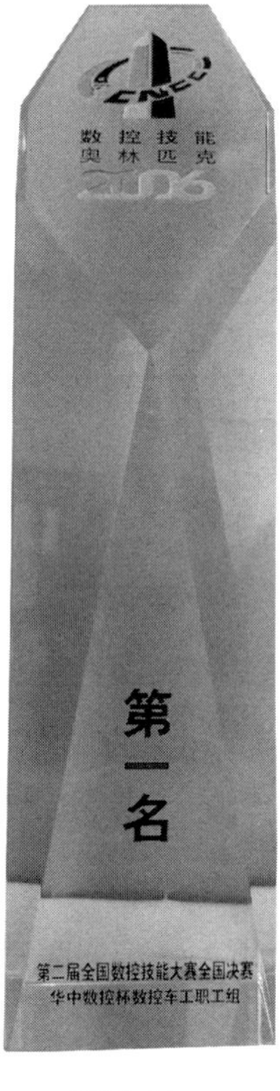

胡胜的奖杯

子的胡胜夫妇，无异于天大的好消息。尽管胡胜两口子积极备孕，却迟迟没有好消息。随着年龄一天天增长，两口子都准备放弃这个念想时，意外之喜却在 2018 年到来——胡胜的老婆怀孕了。儿女双全乃大福。儿子胡瀚文 2019 年 4 月出生时，女儿胡雅璇已经 15 岁了。儿子出生，叠加自己被评为“大国工匠”，2019 年的胡胜可谓双喜临门。

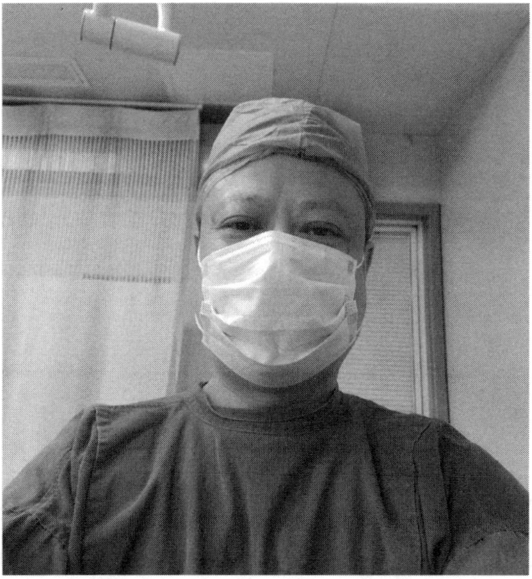

胡胜在产房等待儿子出生

“我顾不了家，让老婆受苦了。儿子呱呱坠地，女儿备战高考，自己每天忙得不可开交，老婆只能辞职当起了全职太太。”胡胜脸上流露出歉意。

翻看着正在南京航空航天大学金城学院读大三的女儿胡雅璇和正在幼儿园上大班的儿子胡瀚文的照片，胡胜的脸上乐开了花。

让时光回流 10 年。

胡胜在北京天安门参加抗战胜利 70 周年阅兵式留影

2009年也是胡胜的幸运年份。

不出意外，胡胜绞尽脑汁，还是不知道自己这一年到底幸运在哪里。

“国庆60周年阅兵上，‘争气机’带着‘争气雷达’遨游蓝天啊！那上面有您不少心血。2009年算不算您的幸运年份？”不想折腾胡胜，笔者很快揭开了谜底。

“这更得算。”一语点醒梦中人，胡胜恍然大悟，当即认可。不同的是，他回应的声音小而低沉。

这里所言的“争气机”就是“空警2000预警机”。说它是“争气机”，因为它是我国第一台自行研制的高尖端大型预警机，它的问世，当惊世界殊，威震列强。说它是“争气机”上的“争气雷达”，因为机身上安装的新型雷达可以达到360度无死角全方位覆盖，一举达到了世界军事预警雷达的领先地位。

“争气雷达”之于胡胜，在于他面对国外技术封锁，带领团队加工生产出了雷达核心零部件的滤波器结构件。

“争气机”搭载“争气雷达”，在国庆60周年阅兵时横空出世，作为核心部件生产团队的领军者，2009年无疑是胡胜的幸运年份。

“2009年，我还获得了国务院政府特殊津贴。这个算不算？”胡胜反问道。

这么大的好事，能不算吗？

日日夜夜，风风雨雨。个中滋味，不堪回首。其间，面临过无数难题，经历过多次挫败。材料紧缺时，整宿整宿失眠；遭遇技术困难时，不分昼夜加班，不服输的胡胜团队群策群力，团结战斗，终究突出了重围，实现了华丽转身。影子在后，目光在前，胡胜不想搜肠刮肚地浪费有限的记忆储存，更不想在功劳簿上停留的时间太长。

胡胜催笔者继续往下说。

让时光再回流 10 年。

“1999 年到如今的单位，算不算您的幸运年份？”笔者问胡胜。

“可算可不算。”胡胜陷入了短暂的沉默，突然间冒出的问题有点出乎意料，他需要时间来理解。胡胜还是给出了模棱两可的回答。

“什么叫‘可算可不算’呢？没到这家军工企业，您还说不准现在是啥模样呢。”笔者心里“咯噔”了一下。

“确实也应该算。没来现在的单位，就没有我今天的一切。”胡胜略加思忖后紧接着改口，承认这一年是他人生的重大转折。

年轻的胡胜（左）在向老师傅请教

“没有 1999 年这个幸运之年，或许就没有现在的‘大国工匠’胡胜，也不会受到我今天的采访。”笔者带有调侃意味地笑着对胡胜说。

人的一生，要经历太多的选择和被选择。因为，那些如影随形的不确定性因素就在十字路口，每个决定都会将你引向完全不同的方向。而每一次的选择结果，只有两种答案，那就是好或者不好、对或者不对。

胡胜说，他从以前的单位到如今的单位，并不是像有些媒体所言，是作为特殊人才引进过来的。那些因为自己得到荣誉之后的宣传，被添加了粉饰的成分，他至今都不认可。胡胜直言，自己是跳槽而来。改弦易辙、另谋出路的原因只有一个，就是他不想在一个可以躺平混日子的单位再耗下去。跳槽之前，胡胜每月可以拿到1660元工资，到这里之后，胡胜每月却只能拿到1100元工资。收入不升反降，做出这样的选择，对一名工人而言，需要勇气，更需要胆魄。但胡胜就是胡胜，他已经从这个呈现出良好发展势头的军工企业嗅出了生机，有足够的信心在这里干出一番事业。

胡胜有足够的筹码。他17岁进原单位，20岁就因夺得全厂青年工人车工组第一名而被评为“南京市千名岗位能手”。处于强劲上升势头的十四所求贤若渴，自然会将这只主动栖息而来的“金凤凰”招入帐中。

天上不会掉馅饼。幸运，也从来不会垂青那些不劳而获的人。不努力的人，不可能幸运。努力过的人，肯定有幸运的机会。其实，深究幸运数字和幸运年份毫无意义。像胡胜这样只知道埋头拉车、苦干实干的人，根本不会在意这些数字中衍生出来的说辞。但现实就摆在那里，不得不承认，在这3个10年一个轮次的逢“9”年份里，都巧合地见证了胡胜的重要转折和人生的高光时刻。

“幸运老是垂青我。尤其是 1999、2009、2019 这三个年份，确实都是我重要的人生节点。”胡胜很认可笔者对他这三个幸运之年的梳理。

胡胜的幸运年份客观存在。

第二章 中午从早晨开始

钟摆的节奏一致，但只有一个指向：向前。时间，不允许任何人掐头去尾。阅历，不会因为你遇见美好时而停下来，让你尽情欣赏或完全接纳；也不会因为你在承受苦痛时快起来，让你尽快躲避或全身而退。

在胡胜眼里，平淡的往事经不起咀嚼。青春年少的岁月，更不值一提。人生的根基在那里，没有那些青涩的时光，就不可能缀连起他往后的日子，更不可能成就他如今的风华。

而事实上，胡胜的过往并不平淡。包括青葱年少时。

胡胜于1974年1月22日出生，农历为上年的大年三十出生。按照当地农历过生日的习俗，这个生日的意义在于，每年的除夕，家人都会为他庆生。

父母都在南京市江宁区一家水泥厂上班，胡胜理所当然的是城市户口，可以享受到城区孩子优越的少年时光。而这样的推理却背离了事实的真相，少年时代的胡胜是在流离颠沛中度过的。

“年幼时过得确实清苦。”胡胜凝重的表情表明，自己的孩提时代并没有他语气中的轻描淡写那么轻松。

无意缅怀，往事就不可能蜂拥而至。这是胡胜刻意回避年少时光的根本原因。

把时针拨回50年前。父母工作很忙，在胡胜刚满一岁时，就被送到了镇江市句容县农村的外公外婆家。胡胜要在这里长久生活的句容，离父母所在的南京有百里之遥。句容是苏南革命老区，名将叶挺、陈毅元帅当年曾带领新四军在这里抵御国民党反动派的围追堵截。所谓老区，顾名思义，就是山缠水绕，交通闭塞，条件艰苦，生活非常贫穷的地方。胡胜在句容农村一住就是9年，这里容纳了他重要的少年时光。

在句容期间，父母一年半载难得去探视胡胜一次。主要原因是工作忙，路途远。也可能还有另外一个原因，就是父母对外公外婆足够放心。10岁前，胡胜不知道“压岁钱”为何物，也没有城里孩子拥有的玩具。虽然家境贫寒，但外公外婆还是能保证胡胜不饿肚子。在后来的生活中，胡胜也得知，像父母这种情况，子女基本上都在身边。但胡胜从无怨言。父母终归是父母，自己毕竟是儿子，没有必要去深究这些，更没有必要去计较这些。

少年时光并非完全不堪回首。那些简单枯燥、苦涩艰难的日子里蕴藏着希望，吞吐着没被物化的生态，值得胡胜在后来的岁月里细嚼慢咽。贫苦的日子滋养了希望，枯燥的童年孕育了动能，那些经历或许就是胡胜面对逆境时的励志源泉，也是他敢于担当的勇气所在。

外公外婆膝下无儿无女。母亲，只是外公外婆的养女，但他们一直视若己出，含辛茹苦将养女养大，并将她送进了工薪阶层。这对于当年在句容农村土里刨食的外公外婆，其辛劳程度难以想象。关键还在于，两位老人将胡胜这个外孙一带就是九年半。在生活困难的年景，外公外婆节衣缩食也不会让胡胜承受饥寒。

胡胜从小很乖巧，尽量不给外公外婆添堵，跑跑腿、干干农活的事经常做。胡胜也坦言，小时候被外公外婆宠坏了，逆反心理出现得比较早。

胡胜就是两位风烛残年的老人的拐杖。

“外婆做的炒饭、红烧鱼、红烧肉真好吃，回到城里后，我再也没有吃过那么好吃的东西了。”童年味蕾中的记忆犹在胡胜眼前。集镇上的小吃也很好吃，外公不会对胡胜的馋涎之欲视而不见，每次带胡胜到集市，即便囊中

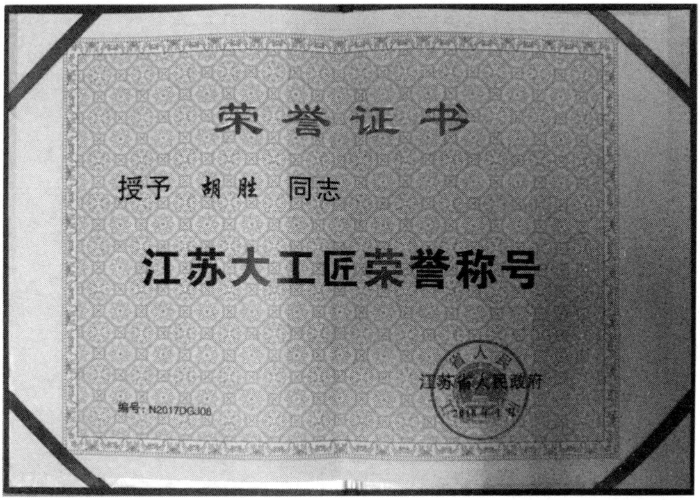

“江苏大工匠”荣誉证书

羞涩，也都会给胡胜买很多吃的。一生清苦、省吃俭用的外公只能做到这些。

胡胜也很淘气，经常会跟着村里一帮孩子抓鱼摸虾，爬树上房。这使年迈的外公外婆在管养胡胜上面临着极大的风险。

“您看，这是在句容农村时从树上摔下来留下的伤疤，缝了好几针呢！”胡胜有些自豪地炫耀着下颚部位隐现的一处“勋章”。外公外婆当时虽然被吓着了，却没有责怪

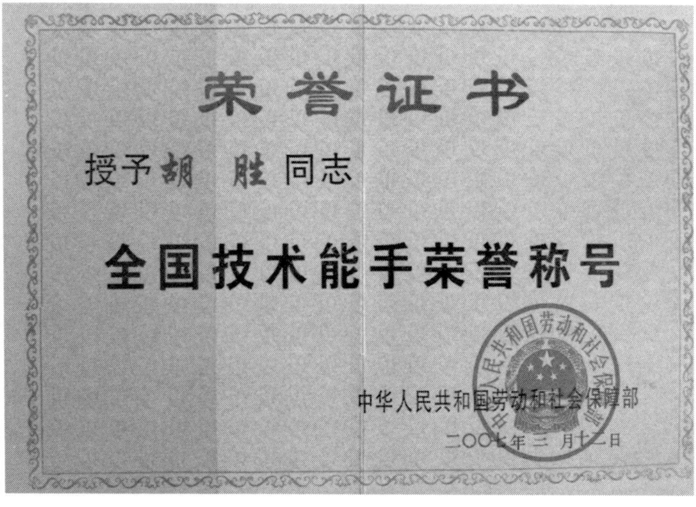

“全国技术能手”荣誉证书

他，而是全身心地寻医问药为胡胜疗伤。

“外公没什么钱，我不可能得到同龄人拥有的玩具，家里有刀斧，我就自己做玩具。镰刀和斧子被我磨得非常锋利，我做出来的木制玩具甚至可以以假乱真。我砍削出来的陀螺，既光滑又规整，小伙伴们都喜欢借去玩。我磨出的斧子，一下子就能斩断铁丝。我做出的铁环，既圆，还看不出接口。特别是我做出的皮弹弓和竹炮，不比现今市面上卖的差。”胡胜一脸的自豪。童年的刻痕，没有给胡胜沐猴而冠的不安。莫非如今的“刀王”和“雕刻大师”就在那时的冥冥中开始破茧了。

在外公外婆养育之恩以外，是从外公身上得到的教益。外公是个啰唆的农村老头，九年如一日般不厌其烦地给胡胜灌输一些“先做人、后做事”的道理。“不许说谎、不许骂人、不许偷奸耍滑”的“十四字箴言”当年都把胡胜的耳朵听出了茧子。

“这些当年听起来的‘老生常谈’，后来真的很受用啊！”忆及外公，胡胜感慨万千。情至真处，胡胜的泪腺已经决堤。

胡胜在句容农村读到小学三年级。外公外婆带不动了。乡村教学质量不高，加之二老辅导不了作业，基础教育便欠下了账，这也成了胡胜成长路上的硬伤。好在外公的教益，成了胡胜人生之路上补齐短板的助推器。

童年的时光，让胡胜认识了什么是现实。乡下的经历，教引胡胜无论如何也要面对现实。不能幻想着将现实托举到飞机能飞那么高的位置。现实就在眼前，现实就在手中，既然逃避不了，就得认真面对。外公外婆的一生都在土里刨食，但他们始终脚踏实地。外公外婆没有子嗣，虽然收养了母亲，却千辛万苦心甘情愿地将母亲送到了城里的优裕环境中。靠种粮吃饭，靠养猪吃肉，就是他们的宿命。他们遵从并敬畏着自己的宿命，热爱并经营着自己的宿命，无论现实骨感还是丰满，两位老人的一生都过得丰盈饱满。

胡胜直言，外公就是自己最亲的人。胡胜显然没有顾及父母和妻儿的感受。从 10 岁回到城里读书，到外公去世的 20 年间，只要有时间，胡胜都会回到外公身边，除了汇报自己的工作，还得洗耳恭听外公那句“老生常谈的‘十四字箴言’”。

2006 年，胡胜夺得全国数控大赛第一名。消息还未公布，除了大赛组委会和当事人，还没有人知道比赛的最终结果。历来稳重的胡胜等不及了，他在当天就赶回了南京，当夜就赶到了句容，第一时间将喜讯禀报给了外公。这是外公弥留之际听到的最好的消息。

古都不古。1984 年，尽管改革开放的步伐比经济发达地区要慢一些，但是已经明显能够感受到深圳以及不远处的上海、苏州吹来的清新的风。这一年，外公对胡胜的父亲说，他们年事已高，已经带不动他的儿子了。胡胜要读小学四年级了，乡下小学的教学质量很差，如果再不回城里上学，胡胜就毁在他们手上了。就在这一年，离开南京

“全国五一劳动奖章”荣誉证书

9年多的胡胜回到了父母身边。

岁月无情，却难以啃食胡胜少年时的记忆。那些与外公外婆相依为命的日子和乡下的一草一木都深深印刻在了胡胜的心里。临别时抱着外公外婆号啕大哭的情景在他心里挥之不去。

1岁时离开南京，城市的样貌还无法在胡胜的脑海中定型。6岁时回过南京，定格在胡胜记忆里的是父母所在的江宁区水泥厂附近三层的楼房，比村子里村支书那栋新瓦房还高得多。10岁回来，拥挤的街道变得宽阔了，连那些楼房，也被身旁拔地而起的高楼摁在了肚脐以下。这般新奇，掩饰不住胡胜的好奇，让胡胜涌动着热望。

父母的工作依然很忙，胡胜和弟弟一直处于“散养”状态。没有人辅导功课，学校的教学质量又摆在那里，胡胜虽然在大城市的南京上学，却跟在句容乡下上学没有本质区别。

回到眼前。胡胜阐明了自己的理念，他说，他绝对不会让自己的孩子处于“散养”状态，一定要想方设法让孩子们接受最好的教育。女儿上学前，他和妻子收入都不高，但他们还是购买了学区房。女儿上初、高中的关键时期，他让妻子辞职，全身心保障女儿读书，女儿顺利地考入了满意的大学。儿子也快上小学了，以前为女儿购买的学区房又派上了用场。

“孤独、无聊就是我的童年。”胡胜苦笑着调侃自己。处于“散养”状态的日子很烦躁。11 岁那年，胡胜跟着父亲的同事到玄武湖玩，由于玩过了头，错过了回厂的班车，所有人都在分头寻找他，他却拦下了一辆顺风车，在这些人之前回到了厂区。12 岁那年，胡胜坐厂里的班车到城里玩，班车却在路上抛锚了，他硬是步行了 20 多公里，

胡胜（右二）在苏州参加第一届江苏技能状元大赛合影

从下午 4 点走到晚上 9 点才回到家。双脚满是血泡，但胡胜咬牙坚持，没有吭一声。少年时的胡胜，骨子里就有同龄人难得的坚毅和韧劲。

这些经历，是否沉淀了胡胜之后的执着和坚韧？对此，可能胡胜自己也没有答案。

父母加班多，经常要在厂里吃工作餐。很多时候，胡胜就得给自己和小 3 岁的弟弟做饭。胡胜清楚地记得，他做饭那年刚满 12 岁。胡胜说自己从小就喜欢舞刀弄枪，特别是做饭，刀工非常好，他一直认为自己有做大厨师的天赋。胡胜可以把萝卜丝和土豆丝切到粉丝那么细，而且相当匀称。只要吃过的菜，胡胜都能做出来。

成家立业以后，但凡家里来客，同事来访，亲友相聚，都是胡胜买菜和下厨。加之本身就体贴入微，妻子王松芹对胡胜赞不绝口。

切菜、下厨，这些与胡胜后来的事业有关系吗？动手能力的养成，难道与少年就下厨做饭没有关系吗？烹饪，品相看刀工，味道凭感觉。“最美刀王”的练成，对高精度零配件的独特感知，难道会跟早年热爱烹饪无关？

第二章 唯一的选择

人生有无数选择。

很多时候，人生却只有一个选择。

胡胜从事金属加工专业，就是唯一的选择。

回到父母身边读书后，胡胜不可谓不努力，在乡村小学读书没有打好基础的情况下，初中的成绩尚能一直保持在中游水平，着实不易。

初中行将毕业，报考的选项涵盖中等专科、中等师范、重点高中、普通高中、职业高中，胡胜却没有选择，因为他中考成绩只有 303 分，要继续读下去，唯一的选择只能是职业高中。

由于自己热爱烹饪，烹饪类职业高中成了胡胜的首选。

1989 年，改革开放如火如荼，市场经济方兴未艾，烹饪行业是一片最容易诞生奇迹的沃土。然而，事与愿违，瘦小的胡胜被刷下来了——学校招收的标准为身高不低于 160 厘米，而胡胜只有 155 厘米。

矮小枯瘦的胡胜比同龄人矮了一头，这是打小生活条件较差、营养不良欠下的债。

少年维特之烦恼，胡胜困惑之无助。前路在哪里？自己该何去何从？胡胜因此郁闷和迷茫了很长一段时间，他甚至不想上学了。

“我当年最大的愿望是当一名优秀的厨师，我确实有这方面的天赋。命运，却把我引向了一个更好的方向。”胡胜脸上洋溢着幸福。

父母给胡胜报了一所针灸推拿方面的卫校，由于不属于公立学校，只能放弃。最终，班主任老师胡蔚林替胡胜做了主，从就业角度考虑，给胡胜报了职业高中的金属加工类专业。

人生没有假设，可能少了一个顶级厨师，却真正多了一位“大国工匠。”

心仪烹饪，却学了金属加工。胡胜心有不甘，也只能直面前行。上帝给你关闭了一扇门，同时也为你打开了一扇窗。学校的专业老师全部来自企业的技师和高级工程师，而且是南京市第一代校企合作模式。没承想，正是这个专业，锚定了胡胜此后的人生走向。

专业更是没得说，在南京市职业高中就业率一直名列前茅就是最好的佐证。与很多职业高中最大的不同在于，

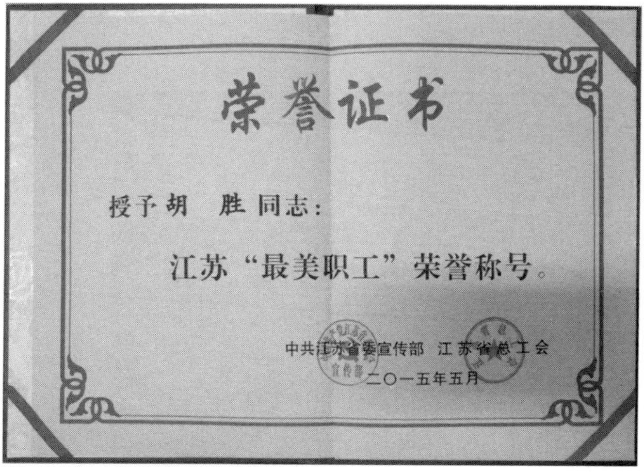

“江苏‘最美职工’”荣誉证书

这里的老师会把更多的精力用于激发学生的学习兴趣，开启学生的创新思维。

教学模式决定成才率。胡胜后来多次分享自己对职业教育发展的体会。

“发展职业教育和高等教育同等重要，不能顾此失彼。有人成为专家、教授，但也得培养高素质技能型人才。”胡胜直言，很多地方的职业教育根本得不到重视，导致了专业技能型人才缺失。培养高精尖科研人才重要，培养出将科技转化为生产力的“匠人”一样重要。

胡胜认为，通过职业教育培养出来的人，文凭不高、

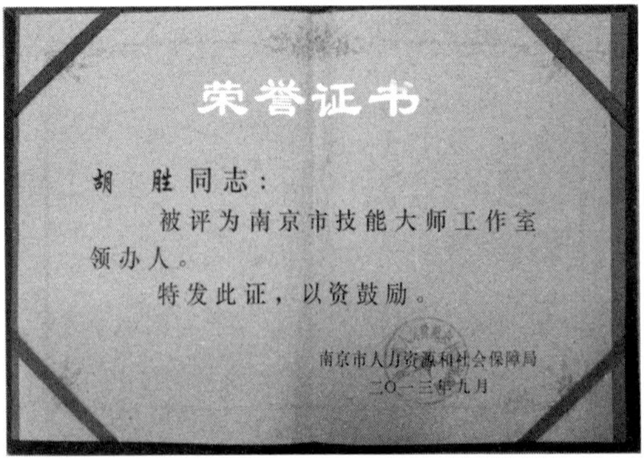

“南京市技能大师工作室领办人”荣誉证书

工作辛苦、收入较低，但对于很多基础性工作岗位却不可替代。

从大处讲，职业教育能够推动科技创新和经济增长，提高国家的综合竞争力。从小处讲，职业教育注重实践技能的培养，能提供高素质劳动力，缓解人才供需矛盾，促进就业市场的稳定。从实用性讲，职业教育可以帮助学生明确职业目标和方向，有针对性地培养学生的专业知识和实践技能，有利于学生掌握新技术和新理念，适应职场环境，实现职业发展。

在职高上学期间，胡胜没有什么特别的地方，用老师的话说，胡胜是全班最听话的学生，他以优异成绩毕业也就顺理成章了。

胡胜很庆幸自己上了这所学校。

国企，是广受欢迎的向往之地。

这是一个部属国有轻工企业。跟胡胜一起分配来的有20多人，同班同学有5人。

一切都是那么新鲜。

专业对口。传统车床，金属加工。

一切按部就班。

被老师傅带了三个月后，大家就要到各自的工位上。

六尺见方的工位上，是人手一台普通车床。

新鲜劲儿很快过去。随之而来的是工作带来的单调和枯燥，以及艰苦条件给这帮年轻人带来的难以承受之重。每天要工作八九个小时不说，还很少有轮休的机会，更为枯燥的是几个月甚至一年多时间只重复地加工一些没有多少技术含量的产品。车间没有空调。夏暑难耐，只能面对车床前一台电风扇反复循环的热风，很多时候，衣服前面是干的，后面则能拧出水来。冬天没有暖气，操作的车床和加工的零件都是冰冷的全钢金属，车间很多人的手上都有冻疮。

不到一年，与胡胜一起进厂的，就走了 5 人。

胡胜得留下来，他没有离开这里的筹码。当时的工作很不好找，企业也很不好进。胡胜没有失业的资本，因为他没有再就业的把握。

工资跟计件挂钩。在工友中，胡胜每月的收入总是属于较低的那一部分人。很多人投机取巧，取悦班组负责人，早早地就将容易上分的活儿拿走了。到胡胜的手上，就只有累活、重活、脏活了。

老实人总是吃亏，多劳却不能多得。不满情绪写在了胡胜脸上，很长一段时间他干起活来没精打采，加工出来的产品质量也不高。更关键的是，胡胜每月的工资都比别的工友低很多。

“越是别人不愿意干的，越是技术含量高的。他们偷奸耍滑的同时，也失去了苦练专业技术的机会。到时候，后悔的不是你，而是他们！”胡胜的情绪，被宋庆其看在眼里，他毫不客气地批评了胡胜，说他目光短浅。

“宋庆其就是我的良师益友，更是我的人生导师。没有

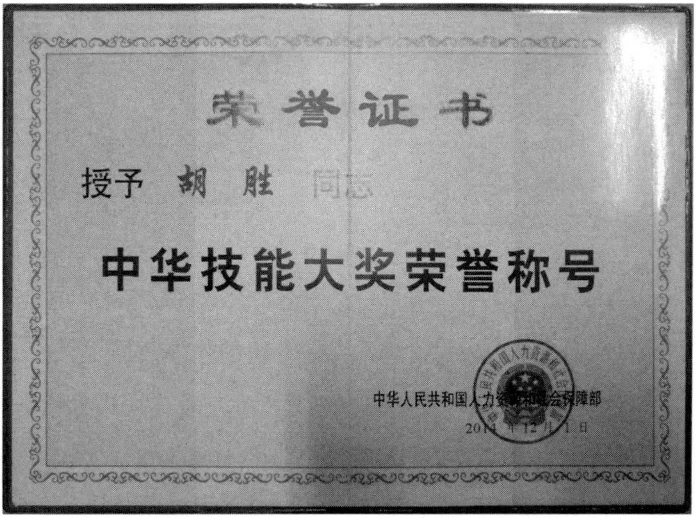

“中华技能大奖”荣誉证书

宋庆其的教诲和鞭策，我很难走出那个颓废的时期。”这样的评价，足见宋庆其在胡胜心中的地位。

宋庆其是分管生产的副厂长，比胡胜大十多岁，他打心眼儿里喜欢胡胜这个踏实肯干的小兄弟，更想好好带一带胡胜。宋庆其后来说，胡胜身上有一股跟他非常相似的“犟”劲儿，那是一股不服输的力量，非常人所具备。做人很真诚，还能干成事。宋庆其很看好胡胜这个没有拜

胡胜的初中毕业照，第一排中间为胡蔚林，第三排右一为胡胜

过师的徒弟。那几年，胡胜在宋庆其身上学到了不少“绝活儿”。

老实人并不是都吃亏，踏实肯干的人一定会得到好处。这是胡胜悟出的看似朴素却非常受用的道理。

跟对了人，足以影响自己一生。多跟老师傅学习，是提高技能水平最快捷的方法。厂里技术好的师傅，胡胜都讨教过。后来，胡胜经常把这个简单实用的方法分享给徒弟们。

“加工出来的零件。检验合格进入库房的，只能叫‘产品’；在很多同样的产品中被客户买走的，可以叫‘商品’；精美又实用，客户愿意出高价买走的，才能叫‘艺术品’。做金属零件加工，就要将每一件产品都做成‘艺术品’。客户就是砸锅卖铁，也愿意买走你的产品，这就说明你的产品达到‘艺术品’的标准了。”这是宋庆其灌输给胡胜的“三品”理念。这个理念，如信条般深深扎进了胡胜的心里，使他在往后的车床加工领域受益无穷。

1995 年，公司要组织“青年工人大比武”。胡胜所在企业规模很大，他抱着试一试的态度报了名，参加了车床加工项目的比赛，意在检验一下自己的真实水平。胡胜放弃了节假日和周末休息时间，积极备战。比赛下来，让所有人大跌眼镜的是，这个组的新科冠军居然是胡胜。

胡胜直呼意外。见证了胡胜认真工作、努力备战的同事们却说实至名归。

因为这个冠军，通过企业申报，胡胜被评为“南京市千名青年岗位能手”。也因为这次比赛，经宋庆其举荐，厂里刚刚购置的两台数控车，胡胜开上了其中一台。

经过三年的锤炼，肯学肯干的胡胜羽翼渐丰，在同龄人中，胡胜的数控车金属加工技术已经脱颖而出。用同行的话说，所属领域的零部件加工已经难不住胡胜了。

人往高处走。胡胜想要跳槽了。如果心仪之地有非常好的成长空间，能实现个人的价值，能将自己引向一个更好的平台和岗位，自己又何必画地为牢，囿于藩篱，不思突进呢？当时的胡胜不懂什么是胸怀和格局，但他知道什么是追求和梦想。胡胜迫切地希望能够到更高的平台和更好的环境去检验自己和展示自己。得知位于本市的中国电子科技集团第十四研究所在广纳贤才，由于专业对口，胡胜跃跃欲试，便毛遂自荐，前往应聘。

这个单位为什么让胡胜如此向往、毅然奔赴？在作出决定之前，胡胜做过一番功课。

资料显示：中国电科，旗下有 47 家国家级研究院所、

700余家企事业单位，41个国家重点实验室，是我国军工电子主力军、网信事业国家队、国家战略科技力量。总员工24万余人，其中55%为研发人员。

而胡胜投奔的第十四研究所则是我国雷达、电子对抗和信息化技术的鼻祖，号称中国的“雷达之父”。研究所的前身为创建于1946年的“中华民国国防部特种电讯器材修理所”，1949年4月被中国人民解放军接管，先后直属于国家六个部、院，2002年归属中国电子科技集团公司，

胡胜在操作数控车

2019年与二十三所共同组建中电国睿集团有限公司。在70余年的自主创新发展中，该所已经在信息装备的研发、设计、制造、服务的一体化业务中具有领先的核心能力和国际竞争力。

“这是我们所生产的第一代军用雷达，在‘抗美援朝’战争中发挥了很大作用。”胡胜说。在“胡胜‘大国工匠’工作室”，笔者面对的是一个陈列在显眼位置，在粗钢底座上用铁丝焊接的雷达。这个已经“70多岁”的雷达，有沧桑，也有辉煌，让笔者恍如隔世！

业务能力是最好的试金石。虽然有“南京市千名青年岗位能手”这个头衔加持，胡胜在应聘时还是遇到了一些阻力。有人指出胡胜文凭较低、资历不够。时任工艺研究部部长的邱敬之发话了：“鲁班有什么文凭，胡胜的‘南京市青年千名岗位能手’还不够？这小伙子能行，相信我的眼光。”胡胜如愿被新单位接纳。

这一年，是1999年。

胡胜也难免感到内疚，就是深感对不起原单位一直关心他和培养他的那些人。特别是对于恩师宋庆其，胡胜无异于他的左膀右臂，胡胜的远走高飞，等于砍掉了他一只胳膊。胡胜认为，这下是彻底把宋庆其得罪了。五年后，胡胜的妻子早产，到了医院却协调不了床位，是宋庆其得知情况后，托关系帮胡胜解决了这一难题。

千里马离不开伯乐，人生也需要贵人，宋庆其就是胡胜的伯乐和贵人。宋庆其后来说："怎么是得罪我呢？输送了胡胜这样的人才，是我的荣幸，使我更有成就感，我高兴还来不及呢。"

第四章 新长征路上的摇滚

1999 年 9 月，秋高气爽。接到通知后的第一时间，胡胜就前往十四所工艺部报到了。从此，胡胜开启了一路艰辛一路歌的新长征。

警戒森严。严格的检查使新单位在神秘中凸显出了它的地位。

胡胜向往这样的环境。

当年，胡胜也是有过从军梦的。没有成为国防卫士，倒是经历了造物弄人的迂回，成了国防军工人。

面对全新的岗位，胡胜踌躇满志。

试用期为三个月。

前 10 天，工作相对轻松，主要是熟悉厂情和查看相关资料。

当代工人，不能等同于工具，也要打开视野，去面对日新月异的工业变革。作为生产军用雷达的数控车工，目光更不能滞留在三尺见方的机床加工工位。胡胜深知，自己虽然不从事核心技术研究，但也应当知晓军用雷达的地位和作用、了解所在企业的职能职责。生产军用雷达核心零部件是企业的主业，国家的尖端军用雷达，很多都是胡胜所在单位研制的。那么，迫在眉睫的事，就是要先搞清楚什么是雷达、世界军用雷达的现状、中国军用雷达的地位、所在企业的加工生产范畴。

研究所图书馆里，关于雷达方面的书籍就有数十本，除了纯科研方面的书籍，胡胜借走了 5 本雷达科普类书籍。胡胜并不喜欢阅读，在他之前的人生经历中，甚至没有系统地读完过一本书。热爱，不可阻挡。10 天，胡胜逐字逐句啃完这 5 本书。留下来的，是好几万字的读书笔记；得到的，是世界军用雷达基础知识的系统科普。

“千里眼”是我国古代的美丽传说。随着现代科技的发展，雷达无疑成了现代人的“千里眼”。

雷达，是利用电磁波探测目标的电子设备。探测手段已经由只有雷达一种探测器发展到了红外光、紫外光、激光以及其他光学探测手段融合协作。尽管奥地利的物理学家多普勒在1842年就开始研究雷达，但英国的科学家罗伯特·沃特森·瓦特在93年后的1935年才发明了第一台实用雷达，英国空军次年就建成了5个空军雷达站，在第二次世界大战中发挥了重要作用。之后，世界雷达技术得

胡胜（右）和同事讨论工作

到了迅猛发展。1941 年，苏联最早在飞机上装备预警雷达；1947 年，美国贝尔电话实验室研制出线性调频脉冲雷达，后又研制出脉冲多普勒雷达；1971 年，加拿大伊朱卡等人发明了全息矩阵雷达。与此同时，数字雷达技术在美国出现。1993 年，美国曼彻斯特市德雷尔·麦吉尔发明了多塔查克超智能雷达。之后，世界雷达技术更是一路高歌，突飞猛进。

现代军用雷达种类之繁多，让人眼花缭乱。按用途划分，就有预警雷达、搜索警戒雷达、引导指挥雷达、炮瞄雷达、测高雷达、战场监视雷达、机载雷达、无线电测高雷达、雷达引信、气象雷达、航行管制雷达、导航雷达、敌我识别雷达等十数种。如果按信号形式、跟踪方式、测量参数、天线扫描、雷达频段等职能细分，更能分出好几十种。

当今世界的军用雷达领域，群雄并起，呈现出美、欧、中三足鼎立之势，空中预警机和 JSTARS 这样具有战场敌我识别能力的综合雷达系统已经成了未来战场上的信息指挥中心。我国在抗美援朝战争中开始使用军用雷达，经过几代国防军工人的不懈努力，我国的军用雷达技术也得到了长足发展，与世界军事强国相比，也丝毫不落下风，多年前我国就有了机载相控阵雷达，各项指标与美国F-22战机的机载雷达旗鼓相当，甚至领先。

一种愿望在胡胜心里潜滋暗长，未来我国生产的尖端军用雷达上，必须有他胡胜亲手加工的“胡胜”牌高精度零部件。这个想法一直在激励着胡胜。

对于这些军迷非常感兴趣的科普，笔者兴致索然，胡胜却一度口若悬河。后见笔者有些不感兴趣，胡胜把话题转向了一个轻松的方向——唱歌。

啃读和笔记，劳心费神。尤其是视力，是数控机床专业的命根子，不能让密密麻麻的文字损伤了眼睛。因此，胡胜学起了唱歌，需要休息时，胡胜犹自在厂区的绿化带上边走边哼唱，待疲劳缓解，再回到工位上。他至今也只会唱《新长征路上的摇滚》《孤勇者》《我们的爱》《不怕不怕》这四首歌。这些歌的歌词和曲调，有的很励志，有的很提气，有的幽默得让人忍俊不禁。这些年，胡胜一直以唱这些歌来疏解自己的疲惫、烦闷，以及挫败。胡胜至今无法完整地唱完这四首歌，而且一如既往地五音不全。用他的话说，唱给自己听，能安神、能提气、自己开心就行。

一二三四，
听说过没见过两万五千里，
有的说没的做怎知不容易，
埋着头向前走寻找我自己，
走过来走过去没有根据地，
想什么做什么是步枪和小米，
道理多总是说是大炮轰炸机，
汗也流泪也落心中不服气，
藏一藏躲一躲心说别着急……

这是《新长征路上的摇滚》歌词中的第一段，胡胜已经唱过成百上千次，他只会唱这一段。

胡胜的歌声很小，像自言自语，也像在嘀咕。工友们惊诧的眼神里传递着不解。

“很多时候，我都是唱给自己听的。”胡胜的话使人诧异。眼前的这台数控机床，与旁边几台高尖端的数控机床相比，从外观上看，无疑已经上了年纪，胡胜为了“搞定”它，唱了那么多次提气的歌，就已表明里面蕴含了太多故事。

胡胜在十四所正式上岗的第一天就接过了一个烫手的

山芋。

“胡胜，这德国进口的数控机床，花了两三百万元，已经买回来两年多了，原来的程序员考上研究生上学去了，厂里现在没有一个人会使用，就这么一直摆在这里，你能让它动起来、用起来吗？”车间主任随口一问，顺手抹了一把机床上厚厚的灰尘。

“交给我吧，我来试试。”花了几百万元外汇进口的两台数控机床，却躺在这里睡大觉，这不是暴殄天物吗？胡

胡胜工作照

胜迟疑片刻，就应了下来。

“好，给你三个月时间，我们等你的好消息。”车间主任拍了拍胡胜的肩，算是把任务交给了胡胜。

平地惊雷。旁边的工友们都瞪大了眼睛。之前，有好几个工友捣鼓过这两台机床，都无功而返，打了退堂鼓。这可不是小事，既要动起来，还得用起来，意味着胡胜编程和操作都得搞定。“这小子是个愣头青啊”，一些人在心里嘀咕，也有一些人等着看胡胜的笑话。

答应简单，就一句话。做起来，怎一个“难”字了得。接下来，够胡胜喝一壶了。

就是因为这场看不见硝烟的人机大战，胡胜成了研究所的传奇人物。

当车间主任给胡胜抱来两大本砖头一样厚的英语说明书时，胡胜当即傻了眼。这不是哪壶不开提哪壶吗？胡胜当年就是英语成绩太差，才没能考上普通高中和重点高中。尽管上了职高，胡胜也并没有觉得有多失落和多遗憾，职高没有开设英语课，自己再也不会被这门课折磨了。现实就是这样，很多东西不是你想甩掉就能甩掉的。越不喜欢什么，它越如影随形，越要跟定你。

“天书”，胡胜没有见过。原来就是这样的存在，由不得胡胜不去读。

实诚人都有笨办法。胡胜整天对着英语词典一个词一个词地“抠”，夜以继日地“抠”了七八天，笔记上的译义也写下了好几十页，却没有多大效果。两本“天书”，让胡胜如坐针毡，度日如年。

这是胡胜到十四所的第一个“国庆”。原计划要带上新婚妻子去镇江句容拜见外公的。因为被英语说明书卡在那里，胡胜只能放弃休假。5天的假期，他要用来攻关横亘在心头的数控机床英语说明书。

“进口机床在厂里躺了两三年都没人会操作，你解决不了这个问题也很正常，别硬撑着。还是将任务还给领导吧，回到普通机床工位上去，你还是那个技术能手胡胜，没有什么丢脸的。实在觉得自己没有面子，下不了台，反正还在试用期，干脆回到原来的企业，你还是那个‘香饽饽’胡胜。”妻子王松芹见胡胜每天查阅英语单词都要忙到半夜三更，就心疼地对他说。

“万万不成。”胡胜斩钉截铁地回答了妻子。开弓没有回头箭，胡胜必须硬着头皮往前拱。没有开动不了的机床，胡胜偏偏不信邪。

胡胜从未有过退缩的念头。每天困倦和疲乏时，他都要围着这两台机床走上十来圈，不断哼唱着《新长征路上的摇滚》，为自己提气。

心智不成熟，是年轻人成长过程中常见的问题。像胡胜这样在“散养”中长大的孩子，已经培植了特立独行的倔强个性，形成了自立自强、不愿求人的习惯。胡胜骨子里的尊严，大多献祭给了迂腐。能不麻烦人的事尽量不去麻烦人，省得欠下人情，背负感情债。

不耻下问。胡胜不是没有想过要请教别人。原单位倒是有几个英语高手，考虑到他们可能会为自己的跳槽产生成见，胡胜觉得自己无法开口。现在所属的军工企业，博士、硕士也有不少，初来乍到，如果吃了闭门羹，自己面子上又挂不住。

已经寸步难行了，不低下身段请教，就不可能译出说明书，就无法兑现自己的承诺。现实要求胡胜，要么放弃，要么请教。胡胜选择了后者。他不能再被脆弱的自尊心桎梏，更不能再被狭隘的认知掣肘。只有虚心请教，译出“天书”，自己才会善罢甘休。

面子，在愿望面前一文不值，正能量的求教，也不是什么丢人的事。胡胜说，那些日子，所里和原单位的很多英语高手都被他“骚扰”过，即便有时自己半夜三更打电话去请教，这些人也会不厌其烦地解答。

“胡胜真的太难缠了，为了翻译说明书，有一天给我打了十多个电话，有一次凌晨三点多还在‘骚扰’我。他是从我们厂跳槽出去的，我可以不理会他。但是，他的执着又使我无法拒绝他。”以前轻工厂的程序员高同文如是说。

胡胜很感激高同文，至今仍亲如兄弟。

没有人会拒绝一个如此执着的人，尤其是像胡胜这样一个心里只装着这两台进口数控机床的人。历时三个月，两本全新的“胡胜体”钢笔字进口数控机床说明书完美出炉。

那年，胡胜25岁。那时的胡胜，刚跨入“愈弱冠”的血气方刚之年，如今的胡胜已进入50岁的“知天命”之年。两本“胡胜体”说明书早已被他塑封起来，宝贝似的被置放于书架上的显眼位置，每天看到这两本倾注了心血的“老物件”，精气神都会得到提振。变成了印刷体的说明书也已经泛黄，虽然这两台数控机床的地位和作用不复当年，但仍旧在发挥着作用。

笔者质疑胡胜当初靠查词典翻译说明书的做法是蛮干，更是徒劳。胡胜却说，不蛮干，可能很快就放弃了。查阅词典进行翻译，确实劳心费神，但也并不完全是徒劳，至少可以帮助自己形成理解，强化记忆。

人类，不可能跨过“刀耕火种”就进入现代化。人亦如此，不可能不经过牙牙学语、蹒跚学步，就能表达得很顺畅、行走得很坚实。

“任何新生事物，都是探索创新的产物。可资借鉴的经验，都产生或源于笨办法。”胡胜这番话确有一定道理。他说，愚公移山虽然只是一种传说，却彰显了一种实干苦干的精神。河南林县的红旗渠，当年有 30 万名修渠大军鏖战太行，历时长达 10 年，用简陋的工具绝壁穿石，削平了 1250 座山头、架设了 151 座渡槽、开凿了 211 条隧道，不也在绵延 70.6 公里的崇山峻岭间引流了一条惠泽林县 70 余万人的生命之泉？当年研究、生产“两弹一星”的科学家和工人们，条件何其艰苦，那些庞杂的数据，不也是靠算盘辅助算出来的？那一个个模型，不也是用木材做出来的？那些精密的测量，不也是用绳子拉出来的？任何高科技的诞生都要经历一个涅槃的过程，它们的生长，无不受限于当时的条件，如果不蛮干，就只能放弃。

胡胜这番话，让笔者感受到了他百折不挠的韧劲。

对于一些专家提出的高校可根据专业去英语化、中小学生可根据喜好选学英语的建议，胡胜是坚决反对的。他认为，英语作为世界第一语种，通用程度像“硬通货”一样的存在，要想达到一定的高度，若不具备一定的英语水平，将寸步难行。谁都无法卜算自己将来要从事什么，谁也无法预见自己的上限在哪里，英语和中文一样，都要从娃娃抓起，千万不能偏颇。被英语“卡了脖子”，胡胜不会让这样的经历在子女身上重演。由于重视英语，胡胜的女儿英语成绩很好，高考的英语成绩也非常不错。儿子刚上幼儿园大班，就在补习英语了。胡胜自己现在也一直在坚持自学英语，一些数控机床加工方面简单的英语知识，他已不用再去查阅词典。

“世上的每一朵玫瑰花都有刺，如果因为怕刺扎手就此舍之，那就永远也得不到玫瑰的芬芳。”哲人叔本华这句话，被胡胜写在工作日志的扉页上。

《新长征路上的摇滚》，不变的歌词，驱动着胡胜不变的斗志。自从与这两台数控机床较上劲，胡胜每天都会在忙碌后的小憩时围着它们哼唱好些遍。在谁征服谁的气势上，胡胜必须赢得主动。

弄懂了说明书，胡胜更闲不下来了。搞清了机床的原理，万里长征才算迈出了第一步。重中之重，还是在于要把机床开起来、用起来。

同样的专业，车床加工。在原单位，已经没有什么零部件加工可以难住胡胜了，他有自信的底气。

跳槽被接收，是因为胡胜会操作数控机床。但是，胡胜忽略了一个最为重要的问题。以前的数控机床和现在的数控机床的使用功能和加工方法完全不一样。以前是生产民品，现在是生产军品。以前是加工大型物件，现在是加工精密器件。

现实，迫使胡胜必须转型。

胡胜在查找资料

掌握了军用雷达基础知识，熟悉了进口数控机床说明书。真正难啃的骨头，是接下来的日子如何使数控机床加工出产品。

没有帮手，更没有人可以请教，一切都要从零开始。

“秋老虎”之后，南京炎热依旧。每天工作 8 个小时，胡胜已经疲惫不堪。胡胜还得给自己加码，他每天都要加班 4 个小时以上。

机床，在一次次的开关机中喑喑哑哑。指示灯，在不断的调试中明明灭灭。汗水，在高温天气和机床散热的双重炙烤下滴答成溪。

为伊消得人憔悴。胡胜之前的体重为 120 斤左右，到十四所不到两个月，体重就降了 10 多斤。无法正常就餐，得不到正常休息，胡胜的胃肠功能已很紊乱，机床工位旁，除了方便面，就是肠胃药。

“别一天只知道工作，把身体搞垮了不值，身体要紧。抽个时间去医院体检一下吧。”妻子王松芹非常心疼地提醒胡胜。

“身体倍儿棒，吃饭喷喷香。咱这身体，杠杠的。”每每这时，胡胜总会幽默地说起这两句当时在央视最流行的广告语，并扬起自己健硕的肱二头肌。

谁不知道休息？谁又不爱惜自己的身体？但是，胡胜停不下来，也不能停下来。

“连续加班26天，当年身体真好。”胡胜还沉浸在忘我的境界中。

“按图索骥”是操作机床的基本功。首先得把图形看懂，才能逐步掌握操作原理。尽管胡胜在这方面是同行中公认的高手，但军品与民品的差异性还是让他吃尽了苦头。胡胜按照说明书上的模型，不停地切换按键，反复地输入参数，失败了，重试；再失败，再试……

真正的强者，都不会轻易退却，更不会为失败找借口。成长，就是学会自己面对风雨，独自撑起一片天空，不能期待别人为你遮风挡雨。跌倒了，旁边没有将你扶起来的人，那就得自己爬起来，继续干。想要走出失败，唯有一往无前。在与机床的较量中，胡胜的每一次失败，都会形成一种独特的体验，每一种独特的体验，都会生长成一种创新和创造。功夫不负苦心人，经过无数次的循环往复，机床终于可以运行无碍。

在不断的调试中，胡胜也在尝试着加工一些零部件。但是，那一件件废品总是煎熬得他寝食难安。没有参照和借鉴，只能在一次次试错中寻找方法，探索途径。胡胜在操作普通机床时摸索出的一些小窍门，是他的独门绝技。他发现，在加工中如果融入自己操作普通机床时的一些小窍门，不仅可以缩短工时，还可以提高精度。

“不差毫厘，完全合格。”组长手持胡胜加工的产品和检验证书激动得欢呼起来。对此结果感到出乎意料的人们在短暂的沉寂之后，为胡胜送来雷鸣般的掌声。

捣鼓了一个多月，胡胜终于使机床正常运行起来了。单位领导喜出望外，工友们更是欣喜若狂。胡胜得到了英雄般的礼赞。

胡胜因此提前结束试用期转正。

这两台德产数控机床，成就了胡胜的传奇。在以后的日子里，也成了胡胜攻坚克难的亲密战友。

第五章 『刀王』是这样炼成的

刀，兵器名，亦泛指斩切用的工具。

在现实生活中，刀无处不在。

在历史长河中，刀的范畴就非常远古和宽阔了。复仇、灵翼、鬼手、火陨、屠城黑金、鄂钢、蝮蛇、血琥珀，不同时代不一样的刀名，让人产生联想。作为配饰，它是天使的翅膀；用于杀伐，它就是魔鬼的化身。

胡胜手中的刀，要怎么定位呢？成就了事业和梦想，刀就是天使的翅膀。

“最美刀王”，是业界对胡胜的誉称。

但是，温文尔雅的胡胜并不像一个舞刀弄枪之人。

“胡一刀”，既是同事给胡胜的外号，更是业界对胡胜能力的肯定。

乍一听，“胡一刀”，就会联想到武侠中的一些传奇。靠刀打天下，把刀技发挥得淋漓尽致，“刀客”胡胜却也是侠客一般的存在。

胡胜在操作对刀仪

胡胜如今已经是我国精密加工制造领域的领军人物。这些外号，倒也匹配对他的称谓。胡胜已经多次承担我国军事领域机载火控、机载预警、舰载火控、星载雷达等一系列具有国际先进水平的重点科研项目，他和他的团队攻克了多个技术难题。

2017年2月24日，央视7套制作播放了专题节目《“工人院士”胡胜：雕刻金色时光，极致工匠精神》；2020年5月13日，央视13套又制作播放了特别节目《胡胜的金属雕刻人生》。这足以佐证，胡胜“最美刀王”的誉称和“胡一刀”的外号实至名归。

刀王，靠磨刀上位。

八分功夫，七分刀具。足见打磨出好的刀具在车床加工上的重要性。

工欲善其事，必先利其器。

“磨刀不误砍柴工。”对于车工而言，刀具就是手中的武器。车床用刀具的打磨与日常生活中磨菜刀相似，都采用砂轮，不同之处在于，菜刀是手磨，车床刀具是砂轮机刃磨。胡胜磨刀的底子，建立在来十四所之前。学了三年车工，干了六年车工，胡胜一直在跟磨刀打交道。磨刀经验对车工而言，需要一辈子通过学习来积累。

磨刀，既苦又累，火花四溅，灰尘很大。磨刀的故事就是受伤的故事，有时会伤到指头，有时金属残渣还会伤到眼睛。胡胜就被金属残渣伤过两次眼睛，为此进了两次医院，虽无大碍，却在眼角留下了疤痕。

疤痕，隐现于胡胜随年岁增长漾出的鱼尾纹中。裸露在面颊上，镶嵌在记忆里。这些疤痕就是胡胜的“勋章”。

不同的材料，需要不同的工艺；不同的工艺，需要不同的刀具。刀只是一种工具，却有无数种磨法。每次遇到新材料，胡胜都要仔细研读相对应的材料手册，掌握材料的物理特性。只有在磨之前下足了功夫，磨出来的刀才能“炉火纯青”，加工出来的产品才能“不差毫厘”。

“耐心、细心、专心”是胡胜磨刀生涯一直秉持的“六字诀”。金属有不同的脾气和秉性，刀具得顺着零部件加工的要求来打磨，磨刀的难度就在于此。从事车床加工的人，要磨一辈子刀的要义也在于此。

“砍骨头，不能用锋利的刀。削水果，不能用钝刀。既要用着顺手，还得契合对应的金属。”胡胜说，磨出好刀全靠经验。这些经验，全凭日积月累。谁也不是天生的磨刀高手，都要在不断的刃磨中练成肌肉记忆，在试错中反复地纠错。如果怕吃苦，嫌麻烦，永远成不了一名合格的“刀客”。

操作数控机床后，胡胜已经很少磨刀，但是对于加工不同金属和形态各异的非标刀具，他依然坚持亲手打磨。磨刀，都是独立完成，没有人会为别人代劳。

胡胜的执着，在于太追求完美。要用着顺手，就得将刀磨到极致。在操作普通车床时，胡胜每年要磨好几百次刀。磨刀，是为了保障加工。水平高者磨出的刀可以用半天，水平低者磨出的刀顶多能用半小时。胡胜磨出的刀，总比别人磨出的刀耐用。最高的纪录是用国产普通的

胡胜在磨刀

3.5 毫米麻花钻打奥氏体不锈钢，磨一次钻头可以加工几百个零件，打孔总长累计达 12 米。

“我们同样磨了好几十年刀，如果能一次性加工 100 个零件都算奇迹了。”在同行眼里，胡胜就是“刀神”。

“磨刀第一，选刀第一，用刀第一。胡胜在厂里没得比了。”徒弟丁峻的评价，坐实了胡胜“刀王”的地位。

刀王，靠选刀扬名。

让人叫绝的是胡胜的选刀功夫。在数控车间的工具架

胡胜在磨钻头

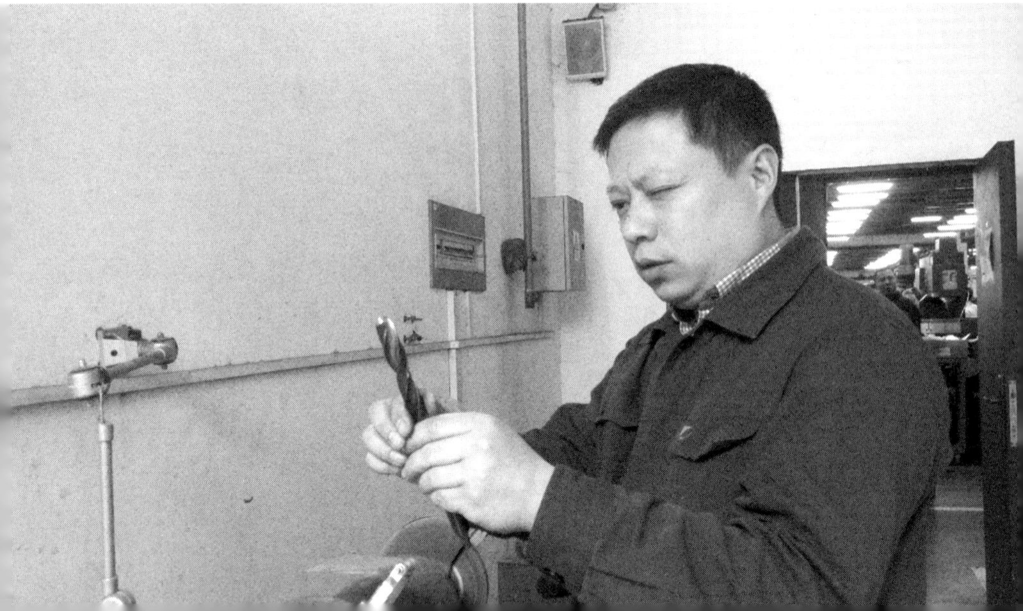

上，摆放着名目众多、形状各异的刀具。面对新材料常常不知如何选用刀具的同事，总是第一个想到胡胜，胡胜自然也不负众望，总能从中快速选出最合适的那一把。

胡胜有火眼金睛？显然没有。无数次实践加理论的反复练习，给了他丰富的经验。

那些刀，都是胡胜选型购买后亲自打磨。胡胜熟悉它们的每一个角度，每一张镀层。在胡胜心里，它们是好朋友一样的存在。每一把刀，都倾注了胡胜的情感。每一把刀，都被胡胜多次使用。对于它们，胡胜不可能不熟悉。

曾经的胡胜，选起刀具来可没有如今这么神准。由于刀具的数量实在太多，形状和用途又各异，胡胜往往也会看走眼，选起刀来难免与记忆无法对号入座。但是，胡胜是一个做事极其用心的人。如同当初疲乏时对着数控机床唱歌提振精神，他每天都要把玩着那些刀具，翻来覆去地看，直到分辨出每件刀具的细微差别，固化每件刀具在脑海中的记忆。为了便于分辨，胡胜还根据刀具的大小和用途进行了排列组合。眼力，源于用精力去熟稔，用心去抚摩，这是胡胜选刀快而准的根本原因。勤能补拙，虽然这也是一些笨办法，胡胜却觉得非常受用。

在国家、省、市级的比赛中，胡胜每次都取得好成绩，这与他选用刀具稳、准、快不无关系。

胡胜用一把把不同形状的刀，在车床上运筹帷幄，恣意汪洋。

胡胜说，在他带的徒弟中，已经有三人达到了他的选刀水平。

长江后浪推前浪。胡胜不希望磨刀、选刀、用刀成为自己的独门绝技。一个个“刀王”，会在持续的接力中不断涌现出来。

第六章 校场遛出千里马

人生，就是一直在对命运应试，跟时光比赛。回首往事，谁的一生不是大考小考不计其数，大赛小赛层出不穷？

是骡子是马，校场上遛遛。“千里马”，除了要经历生活的千锤百炼，更要通过“校场”的检验。

很多时候，人的素质、技能、价值必须通过考试和比赛来验出成色。比如胡胜，如果不通过一次次比赛取得好的成绩，谁会知道他叫胡胜？遇到急难险重任务时，领导又怎么会首先想到他？那些成就和荣誉又怎么会落到他的头上？

当时，胡胜也就参加了4次市级以上的比赛。对于比赛本身的意义，以及对自己事业和人生的影响，胡胜毫不否认，自己就是参加这些比赛的受益者。

低调的胡胜不喜欢显山露水，也并不热衷于参加各种比赛。在胡胜眼里，比赛就是最直观的考试。每一次比赛，也就是一个阶段性小结。考得不好，可能会使一些愿望受到阻滞；考得好了，可能会助推一些愿景成为可能。但是，因为拥有过硬的技能，单位总会将胡胜推向“校场”。

20岁那年，胡胜参加了他工作后的第一次比赛。

那是所属企业组织的“青年工人操作比赛”。

胡胜报名参加的是车工项目。

剑拔弩张。参赛者都在积极备战，一些工友甚至请假在家研习比赛内容。

不就比个赛吗？胡胜每天照常上下班，他的备战不外乎就是利用晚上看看资料，回顾一些生产流程和加工细节。

高手们都要同场竞技，彼此间的技术封锁在所难免，没有人会在这个时段请教或被请教。

在轻工企业，车工项目历来人才济济、群英荟萃，仅这个项目，就有120多人报名角逐，被公认为竞争力最大、获奖难度最高的比赛项目。

比赛结果公布，胡胜获得第一名。

胡胜，何许人也？年纪轻轻就拿走了这个高难度的第一名，还因此被评为“南京市千名青年岗位能手”。厂里的同行们在惊异中打探。

“这是个意外，我没有想到自己会拿到第一名。报名参加比赛，我只想认真做完自己的零件，看看自己在厂里的同行业中处于一个什么样的水平。”胡胜说得轻描淡写。

能从高手云集的比赛中脱颖而出，是意外吗？天上无法掉馅饼，高难度的加工产品更不可能唾手可得。没有胡胜持之以恒的勤学苦练，就不可能有他对业务的驾轻就熟，更不可能有他对加工产品的深刻理解和准确把控。

专业技术为什么比别人提高得快？胡胜并无什么诀窍和捷径。究其原因，是胡胜的执行力总是比其他人强，他从来不挑肥拣瘦。有什么活就干什么活，班组长安排什么任务就执行什么任务，不管任务难不难，他都会接下来，如期保质保量完成任务。这样，胡胜就比别人多了学习和

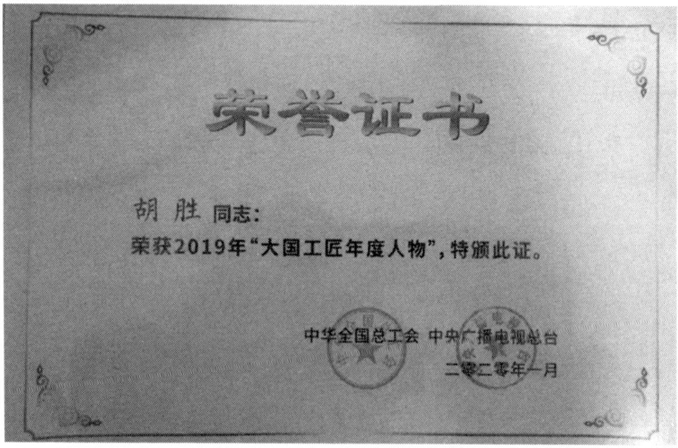

“大国工匠年度人物”荣誉证书

提高的机会。

2004 年，胡胜代表所里参加了南京市组织的数控机床加工比赛，获得第三名。

“成绩不理想”，这是胡胜对自己的评价。在操作考试上丢分太多。“还是自己技不如人。”胡胜没有给自己找借口。

胡胜年纪轻轻就获得了副省级城市级别比赛的第三名。胡胜说，他当时确实有欲望带来的杂念，一些现在看来不切实际的想法影响了自己的现场发挥。如果再沉稳一点，精力更集中一点，撇开名次不说，比赛的效果可能会更好一些。不过，比赛的过程还是让胡胜很享受。

2006年初，胡胜参加了全国数控大赛南京市选拔赛。这是胡胜工作以来参加的最高规格的比赛。

比赛成绩，要靠实力说话。尤其是数控机床加工项目，众多参赛选手同场竞技，在相同的时间、相同的场地、加工相同的零部件，确保公开、公平、公正，最后要靠参数和精度来评判成绩。胡胜认为，临阵磨枪，加班加点备战，不一定会带来好的结果，平时的基础打得牢不牢才是关键。备战期间如果发力太猛，可能会导致身心疲惫，也有可能会带偏了节奏。

比赛前一天，与别的参赛者在精心准备不同，胡胜带着两岁的女儿，去儿童乐园玩了整整一个下午。

到了比赛当天。上午考理论，十来页的答卷，粗略地浏览后，胡胜觉得没有想象中那么大的难度，便稳打稳扎地开始答题。胡胜刚做完最后一题，考试时间就到了。他差点没有完成最后那一道大分题。对于考试结果，胡胜感到满意。

下午考实操，胡胜觉得难度也不算太大，只是觉得考试时间不太够用。考试不比平时在厂里的车床上加工零件，有时可以快一点，有时可以慢一点，时间可以自己把握。胡胜吸取上午差点没有把题答完的教训，调快了时间节奏。他是编程高手，在掌握加工图纸上不用花很多时间，对照图上的零件外形安排加工工艺，编好程序就开始加工起来。慢工出细活，胡胜是一个视加工精度为生命的人，历来就重实效而轻时效，致使比赛的时间掌控得不是太理想，结果又是卡在比赛时间结束前才完成实操。这钢丝走得好险，胡胜现在想起来还有些后怕。不过，胡胜又说，按照自己的标准和要求来完成比赛，即便比砸了，自

从左到右，分别为：龚智辉、戴武、胡胜、丁峻

己也认了，没有必要后悔。

这次比赛结果公布，胡胜获得了第一名。

“理论考试丢了不应该丢的几分。还行吧，算正常发挥。”这是胡胜对自己的小结。

不是超水平发挥。说明在比赛中的发挥并没有达到胡胜水平的上限，他还有潜力。

在比赛中怎样才能正常发挥出自己的真实水平？胡胜有这样的心得。胡胜说，首先，要把各种困难和可能出现的问题考虑得更充分，准备得更周全，要有针对性地进行一些温习和预演。有备而来，方能从容应对。其次，一定要休息好，确保精神和身体处在一个最佳的状态。比赛时间长，耗费精力大，没有必要的精力储备，很难完成比赛。体力不支，成了很多高手参加比赛的“滑铁卢”。最后，要心无旁骛，保持高度专注。在比赛过程中，不要考虑结果怎么样，而要把着力点放在过程怎么控制上，集中精力控制好每一个节奏，把握好每一个精度。一定要把具体操作细化到每一个方案、每一步操作、每一例编程上，所有细节都不能落下。把过程控制好了，肯定会有个好的结果。

“能拿到第一名，并不是我水平最高，而是我心态最好，抱着学习的态度去比赛，没有任何压力，正常发挥出了自己的真实水平，所以拿到了一个很好的名次。”胡胜的获奖感言很朴实。

每个地级市的前两名入围省级选拔赛。作为南京市选拔赛的第一名，胡胜理所当然地参加了江苏省的选拔赛。有苏州、无锡、常州、徐州等省内工业更加发达城市的优秀选手参加，比赛的级别更高，竞争也将更加激烈。

两个月后，江苏省全国数控技能选拔赛如期进行。

一切如常，胡胜还是抱着去学习的心态去准备和应对这次比赛。

此次比赛，在南京市选拔赛时理论考核、实际操作两个项目的基础上，突然增加了编程（CAD）项目。很多人措手不及，比赛结果因此有了很大不确定性。

不在意结果如何，稳定发挥就行。胡胜没有任何压力。不紧不慢地完成比赛项目后走出赛场，他一脸轻松，直言发挥不错。最终，胡胜获得了第二名，他的好友、徐工集团的技师孟维获得了第一名。从比分上看，两人在伯仲之间，难分高下。如果要在完美中找遗憾，胡胜认为自己在最强的编程上，不应该丢掉两分。胡胜憾负。

发挥出了真实水平，胡胜输得心服口服，他负而无憾。得知比赛名次后，胡胜在第一时间给好友孟维发送了祝贺的微信消息。

笔者感佩胡胜有这样的大将风度和云水襟怀。

入围全国大赛已是板上钉钉，一个月后，胡胜在首都北京参加比赛，还会与好友孟维一决高下。

2006 年 11 月 27 日，由劳动和社会保障部、教育部、科技部、国防科工委、中华全国总工会、中国机械工业联合会联合举办的第二届全国数控技能大赛总决赛在人民大会堂落下帷幕。通过各赛区严格选拔，来自全国 31 个赛区的 510 名选手入围总决赛。

本项赛事旨在选拔顶尖数控高手，检阅中国制造实力。整体赛事历时一年，分为赛区选拔赛和全国决赛两个阶段。通过全国决赛理论知识、软件应用以及实际操作技能三个部分的竞赛，江苏十四所胡胜获得职工组数控车工项目第一名。

在此，我们有必要回溯一下这个在数控技能领域难度如同考状元一般的国家级大赛，以及这次让胡胜一飞冲天的历史性机遇。

2006 年是胡胜的比赛大年。从头至尾，胡胜一直在参加各个级别的专业比赛。特别是全国数控技能大赛前的市

第二届江苏状元大赛十四所代表队合影

赛、省赛，以及全国总决赛，胡胜足足忙活了大半年。备战的同时，自己手上的工作还不能落下，胡胜已经感到非常疲惫。省级选拔赛的前两名，才能入围全国总决赛，胡胜不可能放弃这个来之不易的机会。

比赛项目跟省赛一样，使备战有了方向。面对国赛，必须安排足够的时间备战，但胡胜的时间无法保证。

国防建设的力度在不断加大，与之匹配的军工产业必须紧紧跟上。2006年，是军工企业最忙活、最红火的时间。作为组长，胡胜知道，厂里那段时间订单太多，人员和机床高负荷运转都难以应对。但厂领导对国赛非常重视，破例在参加比赛前给了胡胜半个月的备战时间。以前的每次比赛都是仓促上阵，这是胡胜从未有过的待遇。

临阵磨枪，不快也光。主办方不会根据任何人的擅长出题，只有系统性地全面备战，才能赢得比赛的主动，胡胜必须充分利用好这来之不易的时间。全国总决赛涉及理论知识、软件应用以及实际操作技能三个部分。理论知识占10分，软件应用占20分，实际操作技能占70分。实际操作技能是胡胜的强项，考试时正常发挥就行，胡胜有足够的信心。软件应用主要看编程的水平，胡胜在全省选拔赛上吃过亏，已经进行了“恶补”，胡胜是江苏省内同行业中公认的高手，他并不担心这个项目。只有理论知识，胡胜信心不足。高手过招，实力相当，名次差距往往只在一两分之间。理论考试的占比虽然只有10分，但胡胜不想在这上面丢分。不懂理论，就不可能实操，这些知识大家都懂，但考试要看标准答案，仅仅停留在理解和掌握的层面，是远远不够的。胡胜捡起了书本，进行了认认真真的复习。

足不出户地备战，胡胜有这个定力。回到专业理论知识的书本中，胡胜得到的不仅仅是比赛所需的分数，他觉得借机强化一下这方面的学习，确实很有必要。

比赛时，北京已经进入冬天，气温已在零摄氏度徘徊。大雪，在浓雾中呼之欲出。

先期进行的是理论知识、软件应用两场笔试。理论知识考试的题量比想象的要大得多，有一本初中生的寒暑假作业本那么厚，尽管答题时间非常紧张，胡胜还是全部做完了。软件应用考试，胡胜没有遇到什么阻力。胡胜感觉前两门考试的成绩应该很不错。

胡胜获得全国数控大赛第一名

次日，进行实际操作技能的比拼。得实操者得天下。分值高、时间长、难度大，这才是真正的大考。晚上，别人都在复习，胡胜却早早地躺下了。胡胜深知，第二天的比赛，将会是一个非常艰苦的过程。他算了一笔时间账：酒店到比赛场地的路程，往返坐车少说也得两个小时，比赛前的准备工作至少需要1个小时，比赛时间为5个小时。满打满算，从头至尾至少需要8个小时。如果休息不好，体力和精力根本跟不上。后来的实践证明，很多高手正是由于体力不支，栽了跟头。

比赛在一个偌大的场所进行。

比赛时操作的机床是参赛者从未接触过的，零件加工的难度是从未企及的，长达5个小时的比赛时长更是对参赛者身心的一种极限挑战。

胡胜提醒自己，千万要稳住，急了就会自乱阵脚。胡胜沉稳的心态优势在这种大场面上体现了出来。

胡胜先是花了半个多小时不紧不慢地熟悉机床，又对着那份4件套的零件图纸以及待加工毛坯不慌不忙地研究了十多分钟……胡胜发现，这次比赛不仅在使用工具、加工精度等方面设置了重重障碍，而且图纸标识也不全，需要选手进行大量的测算。不繁复，无难度，就不是大赛。

还好，胡胜在赛前就做了诸多准备。

“我的劣势在加工速度，我的优势在加工精度。以前比赛经历的几百次计算，我一次都没有错过。很多人速度很快，精度却没能跟上。”胡胜说，“我在速度上加不了分，就要在精度上增加分数。”

机床上铁花纷飞，人人都大汗淋漓。赛场上硝烟弥漫。全场气氛很紧张，噪声很大，比赛的范围在机床的方寸之间。比赛时间看起来很长，由于加工难度和劳动强度非常大，加之吃饭、喝水、上厕所都要算在比赛时间之内，时间就非常吃紧了。主办方准备了盒饭，胡胜根本就来不及吃，他只能在不太重要的操作间隙腾出一只手来吃火腿肠充饥，用巧克力提神，靠牛奶补充能量。用极限速度进行加工，把大脑思维拉满，整场比赛都处在奔跑的状态。

比赛要长时间站立，非常耗费体力。比赛进行到三分之二左右时，已经有很多参赛选手行动迟滞，力不从心了。胡胜还能撑住，但他不敢保证自己能坚持到最后。体力不支更容易导致紧张。胡胜明白，这种级别的比赛，既是技术上的博弈，也是体质上的比拼，还是心理上的较量，更是意志上的决斗。心里的弦，一定不能松。

为了给自己提神提气，胡胜唱起了歌。

看见蟑螂　我不怕不怕啦
我神经比较大　不怕不怕不怕啦
胆怯只会让自己更憔悴
麻痹也是勇敢表现
一个人睡也不怕不怕啦
勇气当棉被　不怕不怕不怕啦
夜晚再黑我就当看不见
太阳一定就快出现……

这是胡胜老婆给两岁的女儿教唱的一首儿歌，歌名叫《不怕不怕》。胡胜只对这几句感兴趣，也只会唱这几句。闲时，他也会和女儿一起唱。

机床发出的响声很大，盖住了胡胜的歌声。或许，胡胜唱歌的声音本来就小，只有自己能够听见。也或许，连他自己都听不见。胡胜唱得很来劲，越唱越兴奋，越唱越觉得好玩，就这么循环往复地唱着。

漫长的比赛，紧凑的过程。比赛一结束，胡胜的体力也到了枯竭的边缘。

对于比赛的发挥，胡胜说还算满意。平时，低调的胡胜如果说还行，那得提高一档，看高一线，至少说明他是满意的。如果他说满意，其实就是非常不错了。

很多人在焦急地等待着比赛成绩，胡胜却在等待着不得不参加的闭幕式。贵在参与，胡胜就是这样的心态。能跟全国数控技能加工领域的顶级高手们同场竞技，已经达到了学习的目的。发挥出了自己的真实水平，胜可喜，输亦无憾。

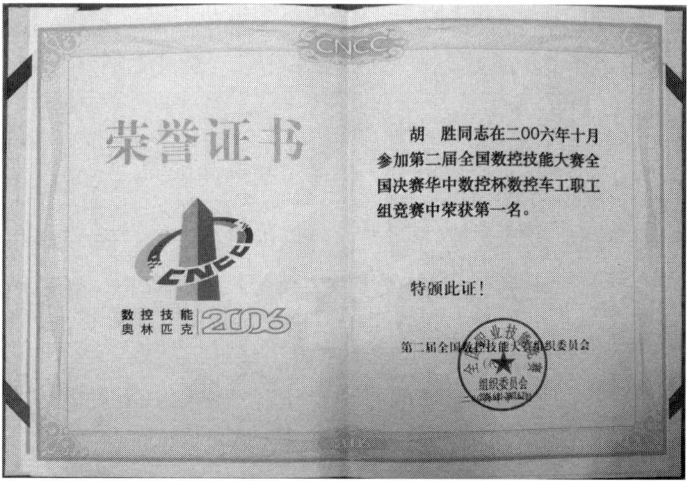

胡胜参加第二届全国数控技能大赛全国决赛华中数控杯数控车工职工组竞赛中荣获第一名

以前到北京，都是公务，无暇逛风景名胜。机会难得，比赛第二天，别的参赛选手都出去逛了，唯有胡胜在酒店躺了整整一天。他实在太累了。

比赛成绩在一周后揭晓。胡胜获得了第一名。

胡胜的好友孟维在第一时间向胡胜表达了祝贺。

得到消息后，胡胜反而没有觉得自己有多兴奋。他认为，现实中的比赛，就是最直观的考试而已。每次在比赛中取得好的成绩，胡胜总是说，那是运气好，或者是哪位高手没有发挥好。胡胜心里也清楚，在数控加工技能这方面，自己与北上广深及本省的苏锡常徐等现代工业发达地方的高手还存在着一些差距。谦逊实干的胡胜没有被浮云遮蔽视线。低调的胡胜，沉稳如磐，禅意幽深。

首都北京，冬寒犹暖。颁奖典礼在人民大会堂如期举行。

歌乐在喜庆中漾开。表彰环节将闭幕大会推向了高潮。职工组数控技能这个比赛单项在整个大赛中难度最大、分量最重，按照惯例，胡胜位列整个颁奖榜单的榜首。

冷静、稳住、低调、控制，胡胜一直在心里告诫自己不能喜形于色。当主持人读到胡胜的名字，让他上台领奖时，喜悦带来的激动已经不听使唤，瞬间控制了他的情绪。胡胜甚至可以听见自己心跳的声音，面色也随之潮润通红。像胡胜这种秉持低调的人，在如此大场面前，照样缺乏定力。

作为第一名，胡胜在会上作了发言。讲了什么，胡胜已经不记得了。他只记得，自己抬头念第一句话时，就被一片炫目的闪光灯弄蒙了，腿脚也有些发抖，勉强读完发言稿，语调极不正常。胡胜觉得自己像个刚进城的乡下人，扛不住大场面，遗憾一直挥之不去，再去人民大会堂发一次言，成了他的另一个目标。这个机会，在 13 年后被评为“大国工匠年度人物”后才姗姗而来。

一次次过关斩将，一次次突出重围。市赛、省赛、国赛，正是这些比赛的历练将胡胜引向了专业领域的高峰。胡胜，也因为这些比赛，得到了应有的回馈。

仅在 2006 年，胡胜就把全国数控技能大赛市级（选拔赛）、省级（选拔赛）、全国的大奖拿了一个遍。

胡胜是全省第一个该领域的“状元”，也是本所第一个获此殊荣的人。时任所长得到胡胜获得全国比赛第一的消息后，当即与书记碰头，研究表彰胡胜相关事宜。所长表态，一定要对胡胜进行重奖。书记也吩咐，要按照要求尽快解决胡胜的高级技师职称问题。两位领导还就如何对胡胜进行表彰和宣传、如何为胡胜搭建施展技能的平台进行了安排部署。

组委会规定：在全国数控技能大赛上，获得的各种名次，将要获得对应的各种奖励。获得各工种前5名的选手，将由劳动和社会保障部授予“全国技术能手”荣誉称号，并可晋升技师或高级技师职业资格；获得各工种决赛第一名，符合条件者可向全国总工会申报“全国五一劳动奖章”。

胡胜第一次参加车工比赛

也就是这个第一名，为胡胜带来了中华技能大奖、全国五一劳动奖章、全国技术能手、江苏特级技能大师等荣誉。也因为这个第一名，胡胜被晋升为高级技师。

那一年，胡胜 32 岁，全所最年轻的高级技师。时至 2024 年，胡胜仍是所里唯一的高级技师。从初级工到高级技师，胡胜用了 15 年，这是常人需要 25 年的历练才能企及的。

“所里和厂里给予我胡胜的太多了，不好好干、不干出名堂，就对不起他们的关心和关怀！”胡胜在工作上始终不敢松懈。

单位领导、曾经的老师、一些亲朋好友，纷纷表达了祝贺。也有一些人，非常关注胡胜这个拿了全国第一的“状元”，究竟得了多少奖金，要让胡胜请客。

各级的奖金加起来，将近 7 万元。没有坊间传言的 20 万元、50 万元那么多。但在胡胜眼里，这已经是一笔巨款了，因为他当年的工资也就 4000 多元。胡胜当时刚买商品房不久，在银行贷了不少款，妻子让他将这笔钱提前还上房贷，减轻一些家里的生活压力。胡胜却说，这笔奖金至少得拿一半出来请大家吃饭。理由有两条：领导的支持、老师的教育、亲友对家庭的照顾，得感谢一下吧；工友们经常聚在一起研究解决技术难题，比赛期间还分担了自己的工作任务，得感谢一下吧。

奖金为胡胜个人所有，全部用于家用也无可厚非。但是，胡胜就是这样一个人，他认为不拿出一半奖金来感谢应该感谢的那些人，自己就不仗义，心里就过意不去。

“舍得、仗义、大气。”亲友们都这样评价胡胜。

此次比赛之后，胡胜就很少参加各种比赛了。到了40岁以后，胡胜基本上就不参加任何比赛了。不是胡胜落伍了，更不是胡胜技术不行了，他依然是这个领域的领军人物。不参加比赛，主要原因是胡胜领衔和担纲的重要工作太多，分身乏术。另一个原因是，胡胜不想自己风头占尽，周围却寸草不生，他主动退居幕后的目的是要培养更多的人去逐鹿赛场，脱颖而出。

在厂区的“胡胜国家级大师工作室”里，各种奖状、奖章、奖杯、证书布满了整整一面墙：

1994年南京市千名青年岗位能手

2004年南京市数控大赛数控车职工组第三名

2004年南京市技术能手

2006年江苏省技术能手

2006年南京市数控大赛数控车职工组第一名

2006年江苏省数控大赛数控车职工组第二名

2006年全国数控大赛数控车职工组第一名

2006年全国五一劳动奖章

2007年全国技术能手

2009年国务院政府特殊津贴

2012年中国电科百名精英

2013年南京市有突出贡献的高级技师

2014年中华技能大奖

2017年江苏大工匠

2019年大国工匠年度人物

低调、踏实、真诚、淡泊名利，是胡胜做人做事的基调。要问胡胜这人怎么样？工友们会众口一词：不错，不错，非常不错！

第七章 诗外功夫也赋能

胡胜基本上不发微信朋友圈，加了微信，也无助于了解他的生活和工作信息。胡胜没有闲工夫去晒那些生活上的细枝末节和工作中的荣誉光环。

在胡胜早年的QQ空间动态里，笔者看到他一张神采飞扬的钓鱼照片。胡胜这样的大忙人，居然喜欢钓鱼。

钓鱼不在鱼，那还钓个寂寞。胡胜还真是在钓个寂寞。很多人钓鱼，是冲着鱼去的。但也有一些人钓鱼，是为了修心养性。

胡胜钓鱼，始于2000年春。26岁的钓鱼者，容易被人视为不务正业。通常，胡胜在周末都要给远在乡下的外公打电话，有时早上打，有时晚上打，电话打得晚了，外公也会打过来。外公好几次跟胡胜通电话，胡胜都在钓鱼。

在外公眼里，大白天钓鱼，就是在混日子。只要在钓鱼时跟外公通电话，一顿劈头盖脸的训斥是跑不了的。直到外公去世，胡胜也没有解释清楚自己为什么要钓鱼。

2000年初，胡胜正式接手德国进口的数控机床。机床动起来了，还得用起来。胡胜心想，能搞定说明书、能把机床开起来，加工零件不是自己的强项吗？胡胜踌躇满志，信心十足。然而，现实却给了他当头一棒。以前做民品，设计师会考虑成本问题，零件的结构不会设计得太复杂，精度要求也不会太高，但是军品不一样，必须性能和精度并重，差之毫厘都不行。连续一个多月，胡胜加工出来的零件废品率居高不下，而且这些都只是技术含量不高的零件。车间领导虽然给予了谅解和支持，胡胜却不想原谅自己，给单位造成的浪费实在太大了。越急于改变，情况越糟，即便加班加点，甚至搭上了周末，改进的效果也微乎其微。那段时间，胡胜吃不香、睡不好，而且心浮气躁，动不动就会跟妻子发火，与工友斗嘴。

周末的厂区静寂无声。胡胜面对转动的机床垂头丧气，一筹莫展。分管副厂长不声不响地来到了胡胜面前，悄然按下了关机键。没回过神来的胡胜一脸惊愕地望着副厂长，机床旁成堆的废品突然间让胡胜有些尴尬，脸上很快浮现出等待发落的歉疚表情。

“别折腾了，我俩去长江边钓钓鱼吧。”副厂长说完从身上卸下背包，取出一根鱼竿递给胡胜。

“我现在哪有心思钓鱼，零件都加工成这样了。”胡胜婉拒着副厂长的好意。

副厂长终究是胡胜的领导，就强势这了一回。他拽着胡胜，背着渔具，分别骑着自行车就往十多公里外的长江边走。

柳絮纷飞，春江水暖。长江流至江浙，江面已经宽阔无垠，不疾不徐。在冬天蛰伏了一个季节的城里人，已经三三两两来到江边垂钓。副厂长专注地盯着江面的鱼鳔，根本不与胡胜搭话。胡胜虽然愈加烦躁，也得耐着性子陪着副厂长，等着鱼能上钩。

时间在不经意间过去了两个多小时，副厂长已经钓了好几条鱼，胡胜的桶里还是空空如也。与胡胜烦躁中频繁刷着鱼竿不同的是，副厂长一脸沉静，鱼在他的耐心等待中一一上钩。在回家的路上，一无所获的胡胜心情很是不爽，失落写在脸上。

“钓鱼和加工零件一个道理，不能浮躁。急功近利，能加工出合格的产品吗？沉不住气，鱼能上钩吗？不把性子磨下来，你永远成为不了一名优秀的车工。”副厂长没有给胡胜台阶下，劈头盖脸就是一顿训斥。

胡胜钓到一条『大鱼』

“失误，是因为准备不够；暴躁，是因为格局不够；轻浮，是因为磨炼不够；焦虑，是因为认知不够；恐惧，是因为实力不够。比生产加工出合格产品更重要的，是你必须先把性子磨出来。”骑行中，全是副厂长在言语。

副厂长还告诉胡胜，自己每每心浮气躁，心结难解的时候，都会到江边钓钓鱼。波澜壮阔的长江静水流深，胸怀博大，面对任何困难和挫折，都可以让自己心如止水，能使自己从烦躁中归于平静，不再为能够解决而一时困住了自己的问题所纠结。钓鱼回家，自己就会在冷静的思索和沉淀后找到应对和解决问题的答案。能钓到鱼也挺好，可以借此机会改善一下老婆孩子的生活；钓不到鱼也没有关系，至少亲近了大自然，排解了虚空。

水泽之浴濯，静水涤心。长江边，自此以后成了胡胜工作之余的常去之地。胡胜就这么隔三岔五地钓起了鱼。每次去钓鱼，胡胜都选择在烦躁、困惑、问题待解而束手无策的时候。一名钓者是否优秀，上鱼量是衡量标准。胡胜的钓鱼技术一直停留在初钓者的水平，没有什么长进，一些钓友甚至调侃他不适合钓鱼。唯有钓者知其味，只有胡胜自己知道自己适不适合钓鱼。很多时候，胡胜甚至会钓而无获，空手而归。但是，胡胜毫不在意，他很享受垂钓过程中那种不以物喜，不以己悲，心无旁骛的优哉游哉。

碧水蓝天，草长莺飞。在静默状态中的钓鱼，胡胜的视域高远而宽阔，襟怀也纯净而亮堂。置身于波澜壮阔的江水面前，所有的事情都变得渺小，所有的欲望都变得不值一提。

女儿想吃鱼时，胡胜总会信誓旦旦地拍着胸脯说：“爸爸给你钓回来不就得了，让你妈在开饭前把水烧好等着。”很多时候胡胜都钓不到鱼，但他从来不会让女儿失望，会从旁边的钓者那里高价买回鱼来。女儿会说：“爸，您钓的鱼真好吃。”胡胜也会神气地回答：“那当然，爸这钓鱼水平，咱家丫头还能没有鱼吃？”这美丽的谎言，隐匿在女儿童年的味蕾里，也存留在胡胜的父爱册页里。

钓鱼五年，钓就了一个波澜不惊、气定神闲的胡胜。在胡胜眼里，已经没有什么大不了，也没有什么不得了，那些情绪、执念，包括从小就深扎的愿景，都平抑在生活与工作的正常轨迹中。

胡胜已经心如止水，不再需要以钓鱼来调整心态和情绪。之后五年，工作之余除了偶尔买买菜、做做家务、接接孩子，胡胜没有任何爱好。理由是，每天工作连轴转，根本抽不出时间。

机床加工很苦，或坐或站，每天要雷打不动地工作八个小时，遇到机床故障，要连续站立十来个小时。很多人完不成加工任务，一些人会累趴在工位上，没有几个机床加工工人退休后不是积劳成疾的。胡胜自恃身体底子很好，没死没命地干，但他身体的底子始终抵不住工作上的高负荷，慢慢地也就有了脂肪肝、颈椎病和腰肌劳损。特别是 2006 年参加的几次高规格比赛，对胡胜的触动很大，

体能训练，左为胡胜，右为健身协会会长王劲松

很多优秀选手由于体质较差，难以应对超长时间的比赛在体力和脑力上的双重负荷，影响了现场发挥，结果遗憾落败。胡胜如果不是用坚韧的毅力强撑到最后，结果也难以预料。

“比赛到了三分之二的时候，脑子就不听使唤了，腿站不住了，手也开始麻木了。平时非常熟悉的加工要领，怎么都想不起来，加工出来的零件根本达不到要求。”一

八段锦比赛获奖，左二为胡胜

名同时参赛的选手赛后谈了比赛失利的原因。

随着身体素质每况愈下，胡胜开始健身了。170 厘米的身高，160 多斤的体重，健身已刻不容缓。胡胜每天早晨坚持步行两公里送孩子上学，每天晚饭后在小区步行两公里。但是，这种休闲式的健身并没有什么效果，胡胜工作起来依旧疲乏，依旧力不从心，明显感到体力不支。

“你这走走路，纯粹是消遣，哪是健身啊？必须进健身房，加大运动量。跟我们一起健身吧，每天中午和晚上各一个小时，保你一个月身体杠杠的。”同班组的王斌这样开导胡胜。

“中午不休息，下午没法专心上班。老婆下班晚，我如果不加班，还得赶回去做饭。”胡胜说自己根本就没有时间。

王斌既是胡胜的组员，更是非常要好的朋友。他常年坚持健身，是厂里的健身达人。他认为，胡胜这身体状况，如果再不健身，迟早会累垮掉的。在一个周末，王斌和一起健身的好朋友，把胡胜从家里约了出来，强行将胡胜塞进了出租车，不由分说就将胡胜带到了一个健身中心，强令胡胜掏出钱来，办了健身卡。

有针对性地练肌肉、练有氧，健身房挥汗如雨的效果体现在身体素质的明显提高。半年多下来，胡胜的体重下降了不少。关键是，胡胜工作起来不感到劳累和疲倦了。

“身体才是革命的本钱啊。”胡胜在厂里逢人便说。很多人因此走进了健身房。

在厂健身房里，胡胜和健身协会成员一起秀肌肉的照片格外引人注目。

看到胡胜健身后产生的影响力和带动作用，有胡胜这个“全国第一”加持，所里干脆网开一面，把健身协会的健身房设在了胡胜班组。近水楼台可健身，厂里以及胡胜班组从此不用办卡在外健身消费了。大家把这一功劳记在了胡胜头上。

“以前的健身活动很难组织起来，参加属地组织的长跑、拔河、各种球赛，总是人员欠缺，很多时候不得不弃权。自从胡胜参加进来后，这个问题不用再担心了，老同志和新生代都愿意参加厂里组织的各种健身活动。有时报名参加的人员太多，还得进行淘汰和选拔。”人气，是开展健身活动的基础。作为组织者，健身协会会长王劲松很有成就感。

“意志，可以钢铁炼成。身体，却只是血肉之躯。工作，只是生活的一部分。要想拥有一个好的工作和生活状态，就离不开一个好的身体。”胡胜如此说道。对于所里、厂里组织的健身活动，胡胜都乐此不疲，踊跃报名，积极参加。2021 年，所里组建了 18 人的龙舟队，胡胜作为主力队员，获得了南京市龙舟大赛三等奖，2023 年获得了 B 组一等奖，2024 年又获得了龙舟拔河第一名。如今，胡胜已经坚持健身 17 年了，胡胜一如既往地生龙活虎。

龙舟比赛获奖，胡胜与奖杯合影

“得努力拿个好名次。”2024年国庆节期间，笔者给胡胜打电话去时，他和所里一帮健身伙伴正在利用难得的假期练习八段锦。胡胜说，他们10月12日就要代表集团公司到山东威海进行比赛。不同于个人对名利的淡泊，胡胜把集体荣誉看得很重，在为团队夺取好名次积极备战。

赋能，赋予能量。生活中，可能会有一些外力给予的赋能，但都是有限的。保持蓬勃的工作和生活状态，自我赋能尤为重要。胡胜从未停止过对自己的赋能。面对各种困难和挑战，胡胜没有畏首畏尾、望而却步，而是以唱歌提振精神、赋能斗志，不断闯关夺隘，圆满实成了各种急难险重任务；当手足无措苦闷烦躁时，他以钓宽心，以水濯心，用大自然的洁净和江水的宽阔，赋能自己走出情绪不佳的藩篱；当繁重的工作损耗身体、疲态尽显时，他走进健身房，主动参加各种健身活动，赋能自己重新焕发活力。

第八章 国之利器上的雕刻年华

2009 年 10 月 1 日，首都北京晴空万里。庆祝中华人民共和国成立 60 周年阅兵式隆重举行。

当惊世界殊。

这是空警 -2000 预警机的首次亮相。当这一神秘飞行器作为空中编队的排头兵，引领庞大的机群米秒不差地飞过天安门广场时，国人随之振奋，国外为之震惊。

美国政府智囊团“詹姆斯敦基金会”很快就中国空警 -2000 预警机的问世发表了评论，称其比美国当时最先进的 E-3C 预警机整整领先了一代。

提起这个预警机，人们就会想到庞大机身上背着的那个大圆盘。这个大圆盘真正的名字叫“机载雷达天线整流罩”，是整个预警系统的核心所在。大圆盘里装备的 3 座较为先进的相控阵雷达，创造了世界预警机发展史上的 9 个“第一”，突破了 100 余项关键技术。

而这个大圆盘里的 10 余个核心零部件，就是胡胜带领团队生产加工出来的。

长空千里眼，云天中军帐。这是对空警 -2000 预警机的地位和作用的定位。作为一个忠于事业，埋头苦干，只知道把零部件的质量和精度做到极致的人，胡胜显然不知道自己加工出来的器件居然会发挥出如此重大的作用。从各种资料看到对空警 -2000 预警机的科普后，胡胜自己都被惊到了。

美制 E-3 系列预警机，当时是世界上最著名的预警机。在空警 -2000 预警机问世前，E-3 系列预警机可谓独领风骚。当年，以色列在对黎巴嫩贝卡谷地的空战中，出动了从美国进口的 E-2 预警机，取得了 86：0 的骇人空战战绩。在之后的科索沃、阿富汗、伊拉克、利比亚等战争中，拥有“预警机优势”的 E-3 系列预警机更是在对手战机飞离跑道时就将其牢牢锁定，并指挥己方飞机将其轻松击落。

空警-2000预警机不但能执行空中侦察任务，有效发现飞机、直升机、巡航导弹、航空母舰、巡洋舰等目标，低空超低空可以覆盖300—400公里，还能成为空中指挥所，引导己方战斗机对敌方的空中目标进行拦截，对海上、岸上、路上目标进行空中打击。

空警-2000预警机的问世，使我国有了与任何在这一领域的优势力量分庭抗礼的筹码。

空警-2000预警机被国人誉为“争气机”，而机身上安装的那个大圆盘，又被业界誉为“争气雷达”。

就是这个“争气雷达”，倾注了胡胜大量的心血。

“争气雷达”上很多关键零部件的加工生产，是由胡胜亲手加工或带领团队完成的。

没有预警机，我国空军就是一把不锋利的刀。加强空中力量，必须要有自己的预警机。20世纪80年代末，中国的经济和技术还比较欠缺，便与以色列签订了协议，共同研制费尔康预警机，但这个愿望在几年后就被美国浇灭了。终止合同的结果是以色列向中国道歉，赔偿中国25亿美元。

胡胜（右）和同事在工作

真理永远在射程之内。不突破，就只能屈从。强大起来的中国必须要有自己的预警机。

十年磨一剑。中国开启了自主研制预警机的漫漫征程。雷达系统的研制任务落到了胡胜所在的十四所。胡胜到这里工作后，正是预警机研制的攻坚阶段，作为厂里迅速成长起来的技术能手，一些关键的零部件生产任务自然也就落到了胡胜及其团队头上。

当时预警机的研制还处于保密阶段，胡胜也并不知道自己攻关的指向，但从领导们紧张的神色和三天两头通宵达旦开会研究部署的重视程度上，他还是灵敏地嗅到了此事的非同小可。那几年，所里和厂里上下的工作都抓得非常紧，不但不能休假，而且更多时候都在加班加点抓工作进度。

“事业精心，工作精细，产品精致，团队精锐。”悬挂在车间墙上、机床上方的标语时刻在警醒着胡胜及其团队。

明朝魏学洢曾著文《核舟记》，描写一个手艺奇妙精巧之人，“能以径寸之木，为宫室、器皿、人物，以至鸟兽、木石，罔不因势象形，各具情态”，赞叹其“技亦灵怪矣哉”！而胡胜的“核舟记”则刻写在“争气机”核心零部件的金属上。胡胜用电脑设定好程序，通过数控机床对金属进行雕刻，做成各种精致的零件，被形象地称为“在金属上进行雕刻的艺术”。

在外行眼里，胡胜的工作很单一，就是在一块块看上去很不起眼的金属材料上经过一番切削雕刻，最后“蜕变”成雷达零部件。可在业界，这却是被公认为最繁复的工作，一块普通的金属要达到零部件要求的精度标准，必须深雕细刻成百上千遍，甚至上万遍。

精度要求越高，报废率越高，很多人对精度太高的零部件望而却步。而胡胜偏偏就是那个喜欢挑战的人。

在对外合作中，雷达滤波器结构件生产遇到了技术瓶颈，第一批加工样品送到国外检测时，竟然被列出了 50 余项问题。为了追赶国外先进水平，胡胜没日没夜地阅读资料、与同行切磋、开机试验。经过两个多月的攻关，终于破解难题，他带领的团队不仅加工出了合格的滤波器结构件，而且打破了国外技术封锁。

一个核心部件的加工生产，让胡胜吃尽了苦头，伤透了脑筋。要将加工精度控制在 4 微米之内，对胡胜而言，这无疑是一个从未有过的挑战。1 微米有多长？它是 1 毫米的 1/1000，4 微米即一根蜘蛛丝直径的 1/3。这台数控机床极限加工精度是 10 微米，胡胜必须用它做出精度为 4 微米的产品，这几乎是一项不可能完成的任务。

“从没见过这么小的零部件，长径比达 10 ∶ 1 的内孔中竟然还有很多不规则的槽，按照尺寸公差、形位公差要求，现有的设备和技术根本加工不了。4 微米，不可能，绝对不可能！”在机床工位干了一辈子的老同志们纷纷下了结论。

胡胜（左）和同事在工作中

然而，摆在胡胜眼前的只有这台数控机床。当然，还有坚毅的决心和旺盛的斗志。

“外国人为什么能做到与此相近的精度？我们为什么不行？我们是人，外国人莫非是神？”胡胜骨子里那股犟劲儿让他偏偏不信邪。他不信——同一片星空，外国的月亮是圆的，我们的月亮就是扁的？

有大量的特殊材料胡胜没见过，甚至书上或者资料上都找不到这种材料。各种各样的复合材料加工起来特别困难，唯一的办法就是向机器发起挑战。这一个部件，就耗费了一个星期，胡胜屡败屡战。

“那段时间，胡胜的脸是苍白的，经常胡子拉碴，头发蓬乱，憔悴得像个老头。他每天熬到凌晨两三点不说，还整宿整宿地失眠，家里的天花板都快被他盯出缝来了。每天早上，书房里都有一大堆丢得乱七八糟的废编程图纸。”回忆起那段往事，妻子王松芹的言语中透着怜爱。

“当时我满脑子只有各种零部件，吃不香，睡不好，头发掉得很厉害，白头发更是噌噌噌地往外冒。这批核心部件确实耗的时间太长，花的精力太多。”胡胜不愿意沉湎于往事。

胡胜满脑子只有 4 微米这个概念。那些日子，胡胜的生物钟是混乱的。原因是用脑过度和休息不好。即便在半夜里想出一种有可能解决的办法，他也会立即下床记在笔记本上，生怕万一能派上用场的思路搁浅在深夜困顿的记忆里。为了避免影响老婆和孩子的睡眠，胡胜干脆搬到了书房的单人床上。

人生最完美的状态，不是你不失误，而是你从没放弃成长。胡胜的执着在于，即便自己失败了，他也要知道自己倒在距离终点多远的地方；然后，爬起来，继续往前走。

面对精度挑战，胡胜反复比对、筛选，谨慎地从种类繁多的刀具中精准地选择出了 12 把，然后再根据每把刀的切削参数，通过编程设定不同的切削速度、深度和进给量，反反复复加工，来来回回调整。

千呼万唤始出来。直径公差 4 微米，胡胜做出来了。按照试车成功获得的数据，胡胜准备大干一场，这时问题出来了。第二天，胡胜用同样方法做出的产品，精度误差居然超过了 50%，完全成了废品。对胡胜而言，这无疑是当头棒喝。

误差较大的主要原因是样品变形、尺寸不合格、镀金层有毛刺。单单是镀金层的毛刺，就让胡胜伤透了脑筋。

他为此至少尝试了数百次，后来还是靠一种教科书上没有的土办法解决了。黄金质地较软，运用金属刀具铣削或用砂纸擦拭，怎么清理都不行。胡胜灵机一动，将筷子做成刀具形状，终于将毛刺清理干净。

“每种稀有金属都得用不同的加工办法，诀窍都是在困难中琢磨出来的。”胡胜因此积累了不少独门秘籍。

屡败屡战何所惧！关键在于坚持。如果唾手可得，我

胡胜（左）和同事探讨工作

们的预警机还要经历那么多的艰难险阻吗？一次次试错，一次次推倒重来，胡胜通过掌握材料的热膨胀率，再了解加工、检验时的温度，算出了其中的温差，终于将这个零部件的精度做到了 3 微米。

“这简直就是院士的水平！”车间工友啧啧称奇。

“我就是一名工人，啥院士啊，别调侃我。”胡胜很正经地回应道。

但“工人院士”这个誉称还是不胫而走，很快在所里所外散播开来。

3 微米，超越了产品的工艺要求，简直就是神话。这样的精度，国内数控机床加工多年无人能够突破。

“加工出合格的制件，对操作工的手感要求极高，如果装夹力度过大就会变形，装夹力度太小又会发生移动。老胡在这方面的手感真是炉火纯青，同样的程序，同样的机床，老胡的效率总是高人一筹。”原十四所数控二组组长张立松对胡胜佩服得五体投地。别人在休息时，胡胜总是一次次反复进行实验操作，钻研加工技术。正是这样长期的积累，让胡胜手上的分寸“不差毫厘”。

空警 –2000 预警机在 2009 年国庆 60 周年阅兵的隆重推出，给胡胜这样的参与研制者带来了掌声、鲜花和荣誉。殊不知，胡胜还参与了“远望号测量船”“第四代反隐身情报雷达”“中华神盾‘海之星’雷达”“船载精密测量雷达”等已经解密了的“国之重器”的研制和建设。他精心雕刻的高精尖零部件，已经深嵌在这些“千里眼”的内核。当然，还包括很多我们现在还不能知晓的建成重器和

胡胜在操作机床

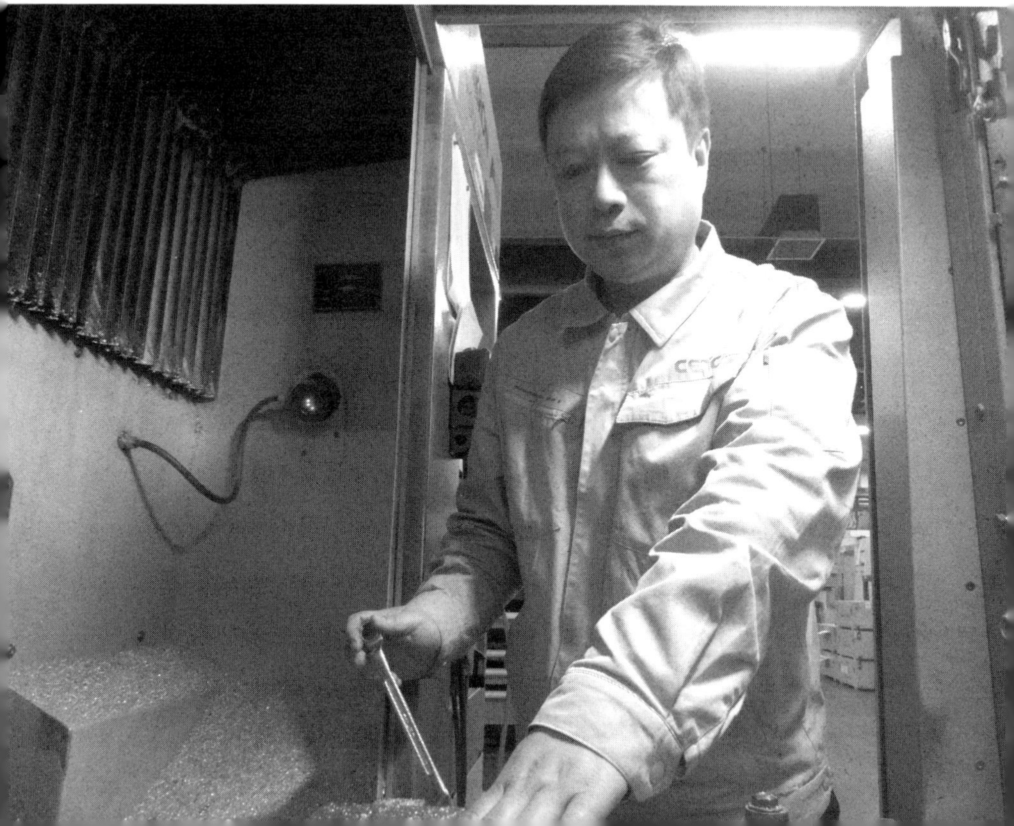

在建重器。

“这些年，胡胜先后在机载火控、机载预警、舰载火控、星载等一系列具有国际先进水平的重点科研项目中，承担关重件（关键件、重要件）加工 70 多项，攻克了毫米波雷达的波纹管一次车削成形、机载火控雷达反射面加工变形等技术难题。”原厂党支部书记曹国明说。这就是胡胜这些年交出的答卷。

每次接到精密加工任务，胡胜并不知道它们将会被用在什么地方。不该知道的，他不问。这是国防军工人的准则。

第九章 遵从师道不迷津

这世上并没有天才，也就不可能有人无师自通。

师者，所以传道授业解惑也。

师恩浩荡。人生能幸遇良师，福莫大焉！胡胜，就是诸多良师引领教益的泽惠者。每逢人生的关键时期，胡胜似乎都会遇到一个为他指点迷津、导引航向的老师。

中午从早晨开始，人生也是从幼年启航。人的一生会是一个什么样的走向，在幼年时段就已经初现端倪了。

“外公就是我的精神导师。”胡胜直言。

含辛茹苦抚养了胡胜的外公，不但教给了胡胜在困境中如何成长的信念，还传授了他“不许说谎、不许骂人、不许偷奸耍滑”的“十四字箴言”。没有外公正确引导夯实的幼年根基，处于“散养”状态多年的胡胜，未来会走向何方，没人能够预料。

初中班主任胡蔚林，既是胡胜的老师，更像家中长辈。“不一定要成才，但一定要成人。”这是胡蔚林经常对胡胜说的话。

乡村的教学条件不太好，胡胜的小学基础知识不扎实。转学后，虽然付出了努力，但初中的学习成绩也只能在中游徘徊。如果没有胡蔚林的严格要求和鞭策鼓励，胡胜考上职高都难。胡胜后来上的职高，也是胡蔚林自作主张帮他报的志愿。胡蔚林说读哪里就读哪里，亲情般的友谊和信任给了胡胜盲从胡蔚林的底气。

“成人。”这两个字在那时已经深入胡胜的骨髓。

世事难料。胡胜没有如愿当成厨师，而阴差阳错地进入了车床加工领域。

由于这所职业中学不是自己的向往之地，胡胜抱着混个职高文凭的想法，并不打算在这里好好读书。车工老师谭家恒一直在观察胡胜，觉得这个学生与众不同，虽然有厌学情绪，在金属加工这方面却很有天赋——胡胜加工出来的小部件，总比别人的水平高出一个档次。胡胜不是班上的“刺儿头”，但非常倔强和执拗，我行我素独来独往的生活方式在他心里扎根太深，在学习时只求过得去，不求过得硬，这也是年少时“散养”带来的“后遗症”。

用箭当用长。不能埋没了这个可造之才。谭家恒是名

胡胜正在演讲

师，他自然不会放弃好苗子。谭家恒清楚，像胡胜这样的学生，硬来是没有用的，必须激发他的学习兴趣。

春风化雨，胡胜被谭家恒的甘霖泽被。谭家恒一步一个步骤，“赏识、夸赞、奖励”，循序推进，胡胜长进很快，慢慢地，他对单调的金属加工已不再感到枯燥。每次被谭家恒竖起大拇指，胡胜就会暗自言语道：我还行，我能做好！

在胡胜志得意满时，班主任张其义偶尔也会给他泼点“冷水”，不失时机地掐断他因自满而蹿动的小火苗，让他沉稳下来。因为张其义的教育方法对路，胡胜对张其义言听计从。关键是，张其义帮助胡胜收住了混日子的心，并且使其真正热爱上了金属加工这一行。张其义教出了很多高徒，胡胜职高同学们的每次聚会，张其义都是座上宾。

“质量，是产品的生命。如果将每一件产品都做得精美实用，用户砸锅卖铁也要买走。‘匠人’的价值，体现于手上功夫的精细化、出手物件的高质量。”这是胡胜刚参加工作时宋庆其灌输给他的。也正是这个质量至上的理念，使胡胜在往后的车床加工领域受益无穷。在宋庆其的影响和带领下，胡胜长了本事，羽翼渐丰，在同龄人中鹤立鸡群。宋庆其将胡胜推上了厂“青年工人大比武”车工项目

胡胜正在授课

胡胜正在宣讲

比赛的擂台，胡胜获得的冠军以及随之被评为的“南京市千名岗位能手”，成了他“鱼跃龙门”、转岗图新、华丽转身的重要筹码。

有天赋，肯用功，技术过硬。进十四所后，胡胜成了行家里手。但在是否推荐胡胜参加全国数控技能大赛南京市选拔赛的问题上，却出现了两种声音。

不赞成的一方认为，胡胜脾气不好，认为自己技能水平高，动不动就爱怼人，不利于团结；而且胡胜连续几年报废率都是部门第一，造成了不小的损失和浪费。

赞成的一方则认为，胡胜技术好，有口皆碑，加工新产品具有很多不确定性，加之军工产品更讲究质量和精度，造成的损失和浪费也在可控范围之内；至于性格问题，胡胜在工作上爱较真，刀子嘴豆腐心，对事不对人。

众说纷纭，莫衷一是。负责此事的工艺研究部第五研究室主任赵新出面拍了板，他说：“比赛是为所里争夺荣誉，比的是技术。胡胜加工新产品出现损失和浪费都在可控范围之内，如果大家都认为胡胜的技术最好，我觉得还是让胡胜去参加比赛最为合适。至于性格，不管是不是对事不对人，胡胜都必须得改，只有团结和谐，我们的企业才更有凝聚力和战斗力，才能得到更好的发展。”

胡胜走进校园宣讲

胡胜正在分享自己的获奖感言

胡胜（右一）参加选拔赛和领导合影

想不到如今温文尔雅笑容可掬的胡胜，当年还是个“愤青”。岁月在不声不响中就把人的个性给改变了。

“再好的手机，也有没电的时候；再聪明的人，也有一筹莫展的时候。把人际关系处理好了，任何时候你都不会孤立无援。”胡胜一直谨记赵新的话。赵新既是胡胜的好领导，更是胡胜的良师益友。在改变胡胜的性格上，赵新用心良苦，可没少下功夫。如果没有赵新当年的力排众议，就没有之后胡胜参加比赛一路披荆斩棘，步入全国数控技能大赛之巅，也没有胡胜之后的“大国工匠年度人物”“工人院士”等美誉，更没有胡胜在现代高精尖军工雷达领域的卓越贡献。

第十章 墙内香，墙外也香

2024 年 9 月，厂区繁花正艳，厂外绿树成荫。

墙内开花墙内香，墙外也香。胡胜就是这样一个在单位内吃香，在单位外面也吃香的人。

仅这个月，邀请胡胜去解决技术难题的企业就有好几家。

“因机械故障开不了机，企业就只能停产。加工的产品不合格，企业的产品就销售不出去。现在很多企业的发展和生存都很艰难。确实忙不过来，但也得去啊。”不管认识不认识，只要企业求助，胡胜都是有求必应。

胡胜所在的工厂有十多个不同专业的班组。数控加工班组与本厂别的专业班组也有关联，如果需要为他们加工工装，胡胜一定会动员班组工友加班加点帮忙解决。胡胜注重优势互补和资源共享，经常主动与别的数控加工班组沟通协调，合力攻关。别的班组遇到技术难题需要胡胜出面帮助解决时，胡胜也绝不推三阻四。

“我们班组碰到技术难题时，只要请教胡胜，他就会立马放下手中的活计赶过来帮忙，直到问题解决。他这人非常谦虚，也很尊重人，总说问题是大家一起商量解决的。胡胜从来不倚老卖老，居功自傲，都会将功劳记在群体头上。”另一个数控加工班组的组长张慧宇说。张慧宇当年跟胡胜共事过，担任过胡胜的副组长。当年厂里有3个数控加工班组，都在争先创优，在工作上有竞争关系。在别的班组需要胡胜进行技术指导和问题会诊时，胡胜从不藏私，都会欣然前往。

墙外香，除了胡胜南京市唯一“大国工匠年度人物”名头的辐射效应，还源于他的助人为乐、有求必应。这些年来，帮助多少企业解决了技术难题和故障，胡胜已经记不清了。

但被胡胜救过急的企业和个人都记得。

“当年多亏了胡胜，不然我们公司得多花不少冤枉钱。”尽管事情已经过去五六年了，南京金奇尔机电科技有限公司总经理秦松却记忆犹新。

2010 年 7 月，秦松所在公司推出镍基高温合金零件新产品时出现技术问题，由于金属强度太高，刀具磨损很快，一分钟就要更换一次刀具，不但刀具的严重损耗推高

胡胜（右）到企业培训班组长

了生产成本，而且产品生产也没有多少进展和效果。有人建议更换刀具，但购买刀具需要花费一大笔资金不说，能否适用这种金属材料也存在着很大的不确定性。企业进退两难，一筹莫展。当时公司的总经理想到了已经蜚声业内的“胡一刀”胡胜，可他不认识胡胜啊。而秦松在这家公司担任高管，正处于事业的上升期。秦松对总经理说，他来试试，看能不能请得动“胡一刀”。

秦松跟胡胜是认识的，但不算熟识。秦松也是从胡胜原来所在的轻工厂跳槽来到这家民营企业的。很多有绝活儿的匠人，请不到不说，而且要价也很离谱。胡胜现在是“胡一刀”，还被誉为“工人院士”，能不能请得动胡胜，秦松也没有把握。但秦松是公司高管，企业有困难，自己不能视而不见，只有硬着头皮迎难而上。秦松随即从原单位同事那里找来了胡胜的电话号码，联系上了胡胜。让秦松没有想到的是，电话中没说几句，胡胜就爽快地答应来试试。

新材料都会面临新问题。每次让胡胜头痛的都是新材料。这确实是胡胜从未碰到过的技术难题，既然答应了来试试，就得想尽办法解决。

夏日炎炎，酷热难耐，汗流浃背。整整折腾了一天，手上磨出了好几个血泡，胡胜才找到解决问题的办法。胡胜结合金属材料的属性和刀具材料的特性，从提高刀具的使用时限着眼，改变了刀具加工的轨迹，使刀具的使用寿命达到了一个小时。秦松说，如果胡胜没来，他们公司就将支出十多万元资金更换刀具。

秦松现在当上了这家公司的总经理。秦松和胡胜现在是非常好的朋友。秦松的公司如果遇到技术难题，胡胜照样会随叫随到。

洛阳，跟南京一样，是闻名遐迩的古都。去一次洛阳，是胡胜向往已久的事。2022 年 12 月初，这样的机会终于来了。

然而，新冠疫情期间的洛阳之行，却使胡胜至今心有余悸。公司的外协厂求助，直接点名了“胡一刀”。虽然公司与这家外协厂一直有着良好的合作，但领导也不敢轻易作出决定，便和颜悦色地打电话征求胡胜的意见，说是可去可不去，由胡胜决断。喜欢挑战的胡胜毫不犹豫地答应前往。出发前，胡胜精心准备了几十公斤刀具。

南京至洛阳，700 多公里，动车车程不到 4 个小时，但疫情期间的各种检测和检查加起来就让这个时间增加了一倍，朝发午至变成了朝发夕至。天气预报显示，江淮的

胡胜（右一）在中电科 48 所指导工作

南京只比中原的洛阳气温高 2℃，但长江下游的湿冷比黄河中游的干冷显然要温柔得多。黄昏的洛阳气温为 -2℃，迎面的寒风蚀骨吸髓。与胡胜一同从南京前往的 6 人，简单吃过晚饭后就被安排在了一家招待所。疫情期间，任何酒店都不能开空调，寒冷的漫漫长夜，对胡胜一行意味着什么？胡胜后来说，他尝试到了什么是冰窖的滋味，没有什么能比那种在整夜都冻得哆嗦中盼望天亮的渴望更急切。还好，洛阳城在次日就迎来了“解禁”，胡胜一行不再挨冻。然而，比对抗寒夜更艰苦的日子还在后面。

外协厂承建的“远望号”测量船在零部件加工上遇到了困难，厂家无法解决，请求胡胜所在的十四所提供支持，所里前去的 6 人，5 人是带队领导和专家，只有胡胜是工人。但胡胜是外协厂唯一点名邀请的人。“远望号”测量船被誉为“大国重器”，需要胡胜这样的“大国工匠”才能解决困难和问题。当然，外协厂的跨界盛邀，也让胡胜感到不小的压力。

困难在于，外协厂的技术人员无法准确地选择合适的刀具，导致坚硬的金属切削不动。这个问题如果不及时解决，将致使外协厂无法如期交付，从而造成违约。胡胜之前的加工，都是面对讲精度的小件，绝大多数直径在

0.3 米以内，而此次他要挑战的却是 8 米直径的大件。胡胜没有加工过这种金属，不了解金属的属性。唯一的办法，就是使用不同的刀具，然后再根据经验确定加工的刀具。奋战了一个星期，胡胜不但帮他们解决了问题，还为他们提出了一系列提升加工效率的方案。

其间，同行中每天都有人因感染新冠病毒而倒下。坚持锻炼的胡胜体质较好，在做好零件的最后一天，他还是倒下了。胡胜因此在宾馆躺了一个星期，但欣慰的是外协厂求助的问题得到了圆满解决。难得的被动“躺平”，给了胡胜沉淀和总结此行收获的时间。

身体稍有好转，胡胜就急匆匆地踏上了归途。心心念念的洛阳风华终究没能走进胡胜的视野，这也为胡胜以后的再次造访埋下了伏笔。

在去洛阳之前，有很多人劝胡胜不要去，万一做不出来就砸了牌子。胡胜却认为，名声不重要，首先要有勇气去尝试。他说：“不去，不会有损失，但失去了一次挑战的机会。”

第十一章 百花竞艳春满园

一花独放不是春，百花竞艳春满园。

专业技术到了一定的段位，胡胜也不得不带徒了。

作为谨遵师训的受益者，师道可以传承，职业道德可以灌输，而过硬的个人专业技能也是不可或缺的。

“教会徒弟，饿死师父。”这是坊间的俗语。为了保住自己的江湖地位，也为了不被徒弟超越，对于一些绝活儿，师父是不会轻易传授给徒弟的。胡胜却不这样认为，如果师父怕饿死，只能说明这个师父不思进取，已经江郎才尽。当年厂里的数控机床，胡胜全部是依靠自学，玩转机床成了他的独门秘籍。如果只顾自己风光而不传授给工友，对企业生产的影响很大不说，这些技术和经验就会在自己手上失传。

不能让独门秘籍成为“绝活儿”。毫不藏私，体现的是一个“大国工匠”的品格。

胡胜是一个有大局观的“大国工匠”，走上班组长岗位十多年来，便成为50多人团队的领头羊，他始终把绝技绝活儿的传承当作头等大事。胡胜将自己的工作经验、加工技巧进行归纳，编写了《天线数控加工作业指导书》等20余本册子，这些成了数控机床加工的教科书。

胡胜的徒弟很多，却没有一个人叫他“师父”，大家都叫他“老胡”，胡胜也乐意大家对他这样称呼。

“三人行，必有我师。没有绝对的师徒关系，很多不懂的东西，我也得向他们请教。我年长一点，叫我‘老胡’挺好，亲切，没有距离感。”胡胜这样说道。

作为全厂唯一能够熟练操作三台不同操作系统数控机床的人，丁峻风光无二。

1977年出生的丁峻，比胡胜只小3岁，也是南京人。聊及自己的这位高徒，胡胜的自豪之情溢于言表。

胡胜在轻工厂时，丁峻就是胡胜的学徒。胡胜到十四所两年后，丁峻也追随而来。

丁峻很勤快，做事从不偷懒。但丁峻是个急性子，风风火火，干活很快，只是质量和精度难以保证。胡胜让丁峻明白了“慢工出细活”的道理，丁峻加工的产品品质因此得到了大幅提升。为了磨炼丁峻，胡胜会大量地给丁峻压担子。不堪重负的丁峻一度难以理解，认为胡胜跟他过不去，是在折磨自己。胡胜看在眼里，却视而不见。不

胡胜（左二）与参赛者合影

过，丁峻从未撂过挑子。

“这几天你就不用加班了，专心去谈恋爱。没有谈成不准回来上班，时间不够给我打电话。”胡胜对忙着干活的丁峻说。当时丁峻快 30 岁的人了，好不容易处了一个对象。

“老胡，您别搞笑了，班组忙成这样，都在加班加点，您还有心思开玩笑。”丁峻一头雾水地回应道。

“开什么玩笑？服从安排。你的活儿交给我，谈成了请我喝顿酒。”胡胜坚定地说道。原来，老胡并不是一个眼里只有工作的人，丁峻对此非常感激。

丁峻很争气。在全国数控技能比赛江苏省选拔赛中，胡胜获得了第二名，丁峻获得了第四名。这对师徒在一次比赛中都获奖的“双黄蛋”，在业内传为佳话。之后，丁峻还被评为江苏省技术能手。

“就是这个汉子，叫康玉荣，在全国数控加工技能比赛上拿过数控铣专业的第十名。在全省数控铣的升级版这一领域，如果他说第二，绝对没人敢说是第一。”胡胜指着一个正在埋头操作设备的汉子对笔者介绍道。

1977 年出生的康玉荣，当年可是科班出身的大专生，进厂就是干部编制，而且是公认的笔杆子。康玉荣很热爱数控加工，也倾注了大量心血，可就是摸不着门路，加工不出高质量的产品。对于这样一个肯学上进的工友，胡胜不能坐视不管，教了他不少技术和方法。

“我的很多技术都是从老胡那里学来的。”已成为江苏省技术能手的康玉荣非常感激胡胜的无私教引。

“我们是互相为师，我的编程设计还是你教的呢。”胡胜回应道。胡胜还夸奖康玉荣“青出于蓝而胜于蓝”。康玉荣是厂里的编程高手，他将原来需要手动输入的程序改为自动操作，把人从机器旁边解放了出来，节约了大量人力和财力。康玉荣现在厂计划组担任计划员，也是所在班组的顶梁柱。

“重复的事情不停地做，你就是专家。做重复的事情特别专注，你就是大家。”这是胡胜经常对宋彬说的一句话。

高大、帅气、三代单传、喜欢玩赛车，二十年前就购买了轿车，宋彬算不算“纨绔子弟”？答案不得而知。但是，工友都知道宋彬很聪明、肯钻研，对数控机床加工的悟性和感觉最牛。

怎一个“酷”字了得。宋彬情商高，还非常讨女孩喜欢，简直就是花丛中的蜜蜂。宋彬在十多年前就有了赛车手执照，他在厂里简直就是明星般的存在。

胡胜看重宋彬对数控机床加工的悟性，这是难得的天赋。在高精尖的数控机床加工领域，宋彬这样的苗子不可多得，胡胜对他偏爱有加，决心要将他打造为自己的高徒。也正因为太过偏爱，宋彬的依赖思想很重。宋彬的短板，就是吃不了苦。他擅长于编程和加工理论的研究，却不喜欢上机床进行实际操作，每次加工生产时，胡胜必须坐在旁边，他心里才踏实。有一次晚班加工一批急件，任务很重。胡胜恰巧生病休息，习惯了有师父坐镇的宋彬好像失去了主心骨，焦虑不安，差错不少。正在宋彬非常着急时，胡胜一通电话打了过来，顿时让宋彬定下心来，并在胡胜的远程指导下，出色完成了加工任务。

没有胡胜在，宋彬就会神不守舍，这样长期下去也不是办法。宋彬迟早都要“单飞”，胡胜不能让宋彬一直处在自己的庇护之下。后来，胡胜不但挑一些难度更大的产品加工任务给宋彬，而且根本不给宋彬请教的机会，经常把手机一关，玩失踪。胡胜心想，宋彬反正到时候得按时交出合格样品才能顺利过关。慢慢地，还真把宋彬逼出来了。

宋彬是胡胜操心最多的徒弟，也是胡胜通过多种近乎残酷的方法逼出来的徒弟。宋彬后来获得了南京市数控大赛第一名，转为了事业编制。现在，宋彬在焊工组“挑大梁”。

“老胡，今年国庆在哪里过？好久不见，如果有时间，过节一起吃个饭吧？”距离2024年国庆节还有一个月，李慧明就在约师父吃饭了。

刚满40岁的李慧明，现在是南京交通技师学院的名师。

2006年，李慧明还是南京机械高等专科学校的学生，他与四个学友组队准备参加2006年南京市高技能人才大赛。但是，李慧明对零部件加工的精度一直控制不好。如果这个问题解决不了，比赛将失去竞争力。

李慧明慕名找到了胡胜讨教。

2006年，对于胡胜，又是何等重要，他全年都在备战和参加各种比赛，如南京市数控加工技能大赛、全国数控加工技能比赛（省、市选拔赛和全国总决赛），可谓力不从心，分身乏术。尽管自身备战压力很大，胡胜还是一口答应了下来。胡胜说：“人家请教你，是高看你，更是需要你，咱不能不接招。”

胡胜就如何把握时间、改进工序、提高精度，手把手地教了李慧明他们四天，直到难题得到圆满解决。这次比赛，李慧明获得了第一名。

“到处人满为患，不出去受罪了。定在3号怎么样？地方你定。你买单，我出酒。”胡胜爽快地答应了。

胡胜（左）正在工作

博采众长，能者为师。胡胜说，他与李慧明其实也是互为老师，自己过硬的编宏程序知识是李慧明教的。

2023 年，江苏省总工会在河海大学发起了一个名师带徒活动，吕常鑫拜在了胡胜门下。

经过正规的拜师仪式，吕常鑫就是胡胜“合法”的徒弟了。胡胜带出来的人不少，但吕常鑫是唯一叫他“师父”的人。他俩在正规场合是师徒，私下却是好哥们。在生活中，随和的胡胜跟谁都正经不起来。

吕常鑫是“90 后”，几年前就获得了全省模具钳工比赛第四名，相继被评为江苏省技术能手、江苏省青年岗位能手，是厂里专业技能中冒出来的新生代。

吕常鑫在装备钳工组，每天与胡胜碰面除了点个头，打个招呼，平时并无什么交集。2022 年，胡胜要代表所里组队参加中国创新方法大赛，有人就向胡胜推荐了吕常鑫。2022 年和 2023 年，胡胜组队的参赛队连续两年获得了中国创新方法大赛江苏赛区决赛二等奖。作为得力干将，吕常鑫深受胡胜喜爱。在胡胜身上，确实能学到不少技术，得知省总工会要发起名师带徒活动后，吕常鑫第一时间找到了胡胜。收徒对象有好几个，都比吕常鑫资历高，但胡胜偏偏相中了踏实、肯干、有发展潜力的吕常鑫。

第十二章

大国工匠：盛名下静水流深

“胡胜你好，我是所办。接全国总工会通知，你被评为‘2019 大国工匠年度人物’，请于 2020 年 1 月 5 日到北京报到，6 日下午出席发布活动暨颁奖典礼。进京的相关事宜，我们会跟你对接。”

“啥？”进行完讲座刚坐上出租车的胡胜疑心自己听错了，便重新进行了核实。这是工人阶层的“天花板”，胡胜表面波澜不惊，内心却是汹涌澎湃。

“大国工匠年度人物”这个评选活动，胡胜是知道的。

2018年进行了首届“大国工匠年度人物”评选，从全国评选出来的10个人，个个都是工匠中的精英。2018年6月，全国开始海选第二届“大国工匠年度人物”，所里推荐了胡胜。胡胜感觉难以企及，也没抱什么希望，当即就将这件事抛诸脑后了。

希望，总在出乎意料中萌出。胡胜不但被评为“2019大国工匠年度人物”，而且还位列榜单之首。

由全国总工会、中央广播电视总台联合发布的“2019大国工匠年度人物”征选活动，在长达半年多的时间里，经过全国各级工会层层组织推荐，职工群众广泛参与，组委会认真审核、反复遴选、严苛选拔，从全国上下推荐的人选中，初选出50位候选人。之后，由知名专家、著名劳模、资深媒体人士组成的评委会严格评审。最终，来自国防军工、装备制造、交通运输、传统工艺等领域的10位高技能技术人才当选为“大国工匠年度人物”。

到首都领奖，是人生的高光时刻。颁奖典礼要求着工装，妻子为胡胜准备了一套崭新的银灰色工装，胡胜却执意穿上了一套已经洗过多次但更显洁净素朴的银灰色工装。虽然刚理过发，胡胜还是再次去打理了一下头发。比平常短了不少的“板寸”，使胡胜看上去格外精神。

“2019 大国工匠年度人物”颁奖晚会现场

2020 年 1 月 6 日下午，北京。雪后初晴，寒意浓浓，胡胜却因激动而显得有些灼热。

下午 2 点，颁奖典礼正式开始。中央广播电视总台演播大厅华灯璀璨，鼓乐悠扬，一曲献给时代楷模、大国工匠的礼赞将在这里颂扬。

表彰，无疑是典礼的重头戏。主持人念出了榜单第一个名字：

中国电子科技集团公司第十四研究所数控组组长、高级技师　胡胜

在鲜花和掌声中，胡胜接过了获奖证书和奖杯。主席台上，胡胜被万众瞩目。

与 13 年前获得全国数控技能大赛第一名，在颁奖典礼上发言时的非常紧张不同，如今心智已经非常成熟的胡胜在与主持人的互动中，显得自然从容，对答如流。低调的胡胜临时改变了彩排时的发言词。

主持人：业界称您为“工人院士”，您怎么看这个称呼？

胡胜：首先，我要感谢他们的褒奖！我不是院士，我

“2019 大国工匠年度人物”颁奖晚会合影，前排左四为胡胜

只是一名普通的一线工人。他们的褒奖既是认可，也是鼓励，还是鞭策，会促使我把工作干得更好，把活儿做得更精细、更有质量。

主持人：获得了“大国工匠年度人物”这个荣誉，可否展望一下自己的未来？

胡胜：“大国工匠年度人物”是一项荣誉，只代表以前工作的成绩，不会成为自己今后工作和生活的话语权。之后的一切尚未可知，未来的路得一步一步地走。还是那句话，我只是一名普通工人，我的未来和愿望就是尽最大的努力把班组带好，把自己手上的每一件事做好。

……

没有华丽的辞藻，更没有豪言壮语。盛名之下，胡胜清醒如流深之静水。

第十二章 用好『金字招牌』

“胡胜是我们江苏省先进制造业的一面旗帜，一定要把这块‘金字招牌’用好，把他的示范效应发挥好。”江苏省人社厅领导多次这样讲道。

“胡胜是我们军工企业的骄傲，也是我们十四所的自豪，要主动为他施展才华搭建平台。”十四所几任领导都这样表态。

全国技术能手、全国五一劳动奖章、国务院政府特殊津贴、中华技能大奖、大国工匠年度人物。虽是个人荣誉，但胡胜还得出来走几步。国家树立典型的目的，在于辐射带动和示范引领。

就这样，围绕胡胜而成立的创新攻关小组和工作室应运而生。胡胜的“产业”越做越大，几年时间就开了这么多“分公司”：2006 年“胡胜技能创新小组”、2009 年“胡胜精密加工攻关小组”、2012 年中央企业团工委“青年文明号”、2013 年“胡胜南京市技能大师工作室”、2015 年“胡胜国家级技能大师工作室”、2018 年“胡胜江苏大工匠工作室”、2020 年“胡胜劳模创新工作室”等十多个平台相继挂牌。

“以我的姓名命名工作室，是我的无上荣誉。依托工作室培养大量高技能人才，也是我的责任和义务。只能搞好，不能干砸。”胡胜有压力，更有动力。

工作室不是门面，更不是“花瓶”，而是带领大家创新的平台。胡胜的很多精力，不得不从普通工人的工位上，前移到工作室领头人的身份上来。

术业有专攻。胡胜将南京市大多数数控机床加工领域的高手游说吸收过来了。

“胡胜技能创新小组”，是以胡胜命名的第一个创新平台。他做的第一件事就是带领大家编写出了《天线数控加

工作室成员照，前排中间为胡胜

工作业指导书》(20 册)，此书成了业界的教科书，经过几次修订，至今还在广泛使用。

之后，胡胜又带领大家在精密器件编程、毫米波雷达的波纹管一次车削成形、机载火控雷达反射面加工变形校正等项目进行了 60 多项改革和创新。仅对技术的优化和革新，胡胜近年来就为企业节约经费 1000 余万元。

2022年下半年，胡胜带领团队进行的碳化硅材料加工效率提升课题研究，直接将工作效率和经济效率提高了30%左右。

胡胜直言，在各种平台的兼项太多，他也无法面面俱到。胡胜的主要精力，还是放在“胡胜国家级技能大师工作室”和“胡胜劳模创新工作室”两个比较重要的工作室上。不过，胡胜知人善任，敢于放手，在他充分授权的何超、陈双磊两位“全国技术能手”的管理下，另外几个工作室的作用也发挥得非常不错。

巧妇难为无米之炊。因为没有经费保障，搭建这些平台之初，开展各种活动非常艰难。主管部门按规定拨付的经费简直就是杯水车薪，邀请专家和教授基本上都是零薪酬，很多时候开展讲座和创新活动，还得靠成员自掏腰包进行众筹。各工作室牵头的技术能手积极性都非常高，也从不取酬。一看姓名，有王诚、张慧、吕常鑫、何超、陈双磊、李慧明、宋彬、康玉荣等人，他们不是胡胜的工友，就是胡胜的徒弟。

“现在好了，以我命名的国家、省、市三级工作室，相应的人社部门都安排了工作经费。从2013年开始，逐年递增，如今每年已有30万元。”好钢要用在刀刃上，有限的经费必须用在技术革新的项目上。胡胜把钱管得很紧，把项目也盯得很紧。

平台就是舞台，每一位成员都是舞者。加入工作室的十多人，都是业界精英。工作室的活动都开展得有声有色。从 2015 年“胡胜国家级技能大师工作室”挂牌以来，已经开展各种活动百余次，技术攻关和革新数十次，培养了一大批数控机床加工的高技能人才。在全国及省市的数控机床技能大赛中，胡胜团队有 35 人次进入了前三名，16 人获得了南京市、江苏省乃至全国技术能手称号。胡胜带领的团队也先后荣膺“江苏省青年文明号”“中央企业青年文明号”等荣誉称号。

胡胜说：“大国工匠们在各自的行业中都出类拔萃，跟他们一起交流学习，确实很长见识。”胡胜特别注重加强与省内外“大国工匠工作室”之间的学习交流，不但每年要邀请一些“大国工匠”到工作室指导，还会去一些外地的“大国工匠工作室”学习取经。

2024 年 10 月中旬，胡胜就受邀参加了两场这样的活动。受浙江省总工会邀请，他参加了在杭州的“浙江省首届职工创新交流活动”和“劳模工匠助企行之‘大国工匠’进浙江专场活动”，有幸与黄金娟、竺士杰、徐川子、

胡胜（左一）到省外工作室调研学习合影留念

胡胜（右二）在浙江参加活动

南京市技能大师工作室成立，中间为胡胜

胡胜在浙江路演

罗浩明、许振超、高凤林、张冬伟、周东红等大国工匠进行了交流互鉴。特别难得的是与大国工匠高凤林一起，在“徐川子劳模工作室”，就如何提高加工精度，分别进行了路演。高凤林虽然跟自己一样，也是一名普通工人，他却把专业技术做到了天花板。高凤林也是一名军工人，他先后为160多枚火箭焊接过“心脏”，攻克了所属专业领域的300多项疑难杂症。更不得了的是，高凤林还因为自己的卓越贡献，成为全国总工会兼职副主席。真可谓，人上有人，天外有天。

杭州之行后，胡胜立马转道徐州，跟他的好朋友、同为“大国工匠年度人物”的孟维，就如何充分发挥“技能大师工作室”的作用，进行了学习和探讨。

第十四章 拳拳匠心励后生

作为一个只有职高文凭的匠人，胡胜万万没有想到自己能走上讲台，能在全省党政机关、企事业单位、大中小学分享如何践行工匠精神、如何爱岗敬业。2006 年获得全国数控加工技能比赛第一名后，就有南京大中小学开始邀请胡胜前去授课。胡胜考虑过婉拒，但他觉得这也是自己的使命。胡胜虽情非得已，还是被时代推上了讲台。

2020 年 4 月，江苏省总工会开始开展“劳模工匠进校园，思政教师进企业”的“双进”活动，拥有工匠和思政教师双重身份的胡胜就更忙活了。他的讲座内容只有一个，那就是如何践行工匠精神。针对不同的群体，胡胜每次的讲座都不能重复。要讲出效果，就得精心备课；加之工作任务很重，胡胜必须经常熬夜加班。

"'匠到格致乃为师'。工匠精神就是对工作的精益求精、精雕细琢、不懈努力、长期坚守。如果要我总结一下成功的经验，其实就三个词：简单、坚守、执着。做人做事都要力求简单，把简单的事做好反而是非常不简单的。选择无悔，既然看准了，就要始终坚守，忠于自己的选择。要提高技术、技能水平，在自己的领域占有一席之地，就必须永无止境地执着追求。高中时学习金属加工的32位同学，如今只有我还在干这个行当。与我同时进厂的工友，由于耐不住车床金属加工专业的枯燥、寂寞和苦累，不到10年也都转岗了。如果不秉持简单、坚守、执着的信念，我就不可能脱颖而出，更不可能站在这里跟大家在一起分享'工匠精神'了。"2024年5月23日，南京信息工程大学礼堂，座无虚席。作为客座教授，胡胜为在场师生作了题为《简单、执着、坚守，成就工匠精神》的讲座。台上，胡胜旁征博引，娓娓道来。台下，师生专心致志，屏息静听。

胡胜被聘为外聘教授

德国学习期间胡胜（右）和工作人员合照

“没想到大国工匠的课也讲得这么精彩，台下没有人看手机，也没有人走动。讲座的效果非常好！”主持这场讲座的校工会主席说。

从录制的视频看，胡胜虽然作了PPT课件，但他基本上还是脱稿在讲。笔者当即直言胡胜有教授的范儿。

“有啥范儿啊！面对成千上万人，当初我还不是非常紧张？‘赶鸭子上架’，只能硬着头皮讲。讲的次数多了，熟练了，慢慢也就不怯场了。关键是要下功夫把课备好。”胡胜坦言，自己是个搞加工的一线工人，历来不喜欢抛头露面，开始很不乐意出现在这些台面上。但是，他是大国工匠、全国劳模、技能大师，不能只要荣誉，不想奉献吧！尽管自己做得还不够好，但他有责任和义务跟大家分享自己对工匠精神的理解和认识。现在，胡胜已经是江苏省十多所大中小学的客座、特聘、兼职教授和思政课老师，至今已经累计宣讲了一百多场次。

要讲就好好讲，要讲到点子上。低调务实的胡胜不喜欢花里胡哨，讲座面对的群体不同，学校的专业不同，胡胜会根据所需，精心准备每次的讲座内容。

在三江学院讲座，胡胜就将大量时间交给了学生提问。这些学生将要走向社会，投入生产的第一线，解疑释难比照本宣科更为重要。

同学甲：在刚参加工作时，您有没有遇到艰难的事？您是如何解决的？

胡胜：企业一般都会给新手一个适应期，通常都不会给刚上岗的员工安排很难的工作。刚参加工作，是全新的人生体验，艰难在所难免，会感到枯燥、乏味、寂寞甚至艰苦，平衡好心态，管控住自己的情绪尤为重要。天下难

胡胜在宣讲

事，必作于易；天下大事，必作于细。做好眼下的每件小事，不疾不徐，脚踏实地，才有把大事做成的可能。把每一件简单的事做好，就是不简单；把每一件平凡的事做好，就是不平凡。现在就业很难，不要轻言放弃，更不要轻易跳槽。

同学乙：当代大学生如何培养动手能力？您有什么好的建议？

胡胜：提高动手没有任何诀窍，只有多干、多思考，熟练了，才能生巧。大学生不能只有理论知识，更要具备很强的动手能力。尤其是在一线工作岗位，动手能力强，才能驾驭自己的工作，也才能凸显自己的地位。有一个技术员到日本进修，回国后就根据图纸造出了一条生产线。还有一个技术员到美国进修，除了体验了一次公费旅游，什么东西也没有学到。同是出国进修，却是两个结果，去日本进修者因为造出了生产线，得到了单位的提拔；去美国进修者，因为毫无作为，被单位打入了“冷宫”。我希望同学们通过这两件事理解动手能力的重要性。

同学丙：大学生怎样更好地践行工匠精神呢？

胡胜：工匠精神不是大道理，而是平凡、普通、踏实、精细的结合。工匠精神，就是忠诚于自己的事业，担负起时代赋予的责任，圆满地完成好自己的任务。大学生践行工匠精神，就是在学校时好好读书，参加工作后爱岗敬业。

而在河海大学，胡胜则是对师生如此分享道：“‘兴趣是最好的老师。’对工作的强烈兴趣，使我始终坚守岗位，

胡胜在南京大学宣讲

不断地学习新知识、新技能，使自己的操作技术日益精湛。我对待工作的态度非常认真，我相信迎难而上方能突出重围，抓住机遇就不断挑战自己。我不追名逐利，只是潜心做好手上的事，干好手中的活儿。我不留遗憾的终极目标就是质量和精度。工匠精神不是高大上的精神，工匠精神就是要低下头、沉下心把手上的事做好，把简单的东西做到完美。”

跟党政机关单位讲工匠精神就不好讲了，那得突出理论性。为此，胡胜着实绞尽脑汁，忙活了很长一段时间。

胡胜这样解释工匠精神：“工匠精神，实际上就是奉献精神、品质精神、创造精神。体现于社会文明进步的重要尺度、中国制造前行的精神源泉、企业竞争发展的品牌资本、员工个人成长的道德指引。”

对于工匠精神的阐释，胡胜进一步亮出了自己的观点：一是敬业。敬业是从业者基于对职业的敬畏和热爱而产生的一种全身心投入的认认真真、尽职尽责的职业精神状态。中华民族历来有“敬业乐群”“忠于职守”的传统，敬业是中国人的传统美德，也是当今社会主义核心价值观的基本要求之一。二是求精。“天下大事，必作于细”，从业者对每件产品、每道工序都要有凝神聚力、精益求精、追求极致的职业品质。已经做得很好了，还要求做得更好，即使做一颗螺丝钉也要做到最好。三是笃定。“艺痴者技必良”，着眼于细节的耐心、执着、坚持的精神，持守几十年如一日的坚持与韧性，一门心思专攻术业。四是创新。工匠精神还包括追求突破、追求革新的创新内蕴。古往今来，热衷于创新和发明的工匠一直是世界科技进步的重要推动力量。

“匠心拳拳，可敬可嘉啊！”南京工程学院一位领导听了胡胜的讲座后由衷感叹道。

2019年5月29日，胡胜被聘为该院兼职教授，当天接受聘书后就开始作讲座。

“为学子诠释新时代工匠精神，就必须激励他们用匠心筑梦。发扬工匠精神，就要在学生中倡导忠诚、敬业、创新、奉献的职业精神。”胡胜是围绕“中国制造的时代背景”进行讲座的。由于开展的是职前教育，胡胜先是回顾了自己入职后的艰难历程，勉励大家要敢于吃苦，勇于担当，嘱咐同学们入职后要注意什么、要克服什么、要改进什么。胡胜分享了入职后怎样尽快融入工作、怎样跟同事相处、如何获得领导的好感等经验。

“讲座太受用了。这样的讲座要在校园大力开展。”前

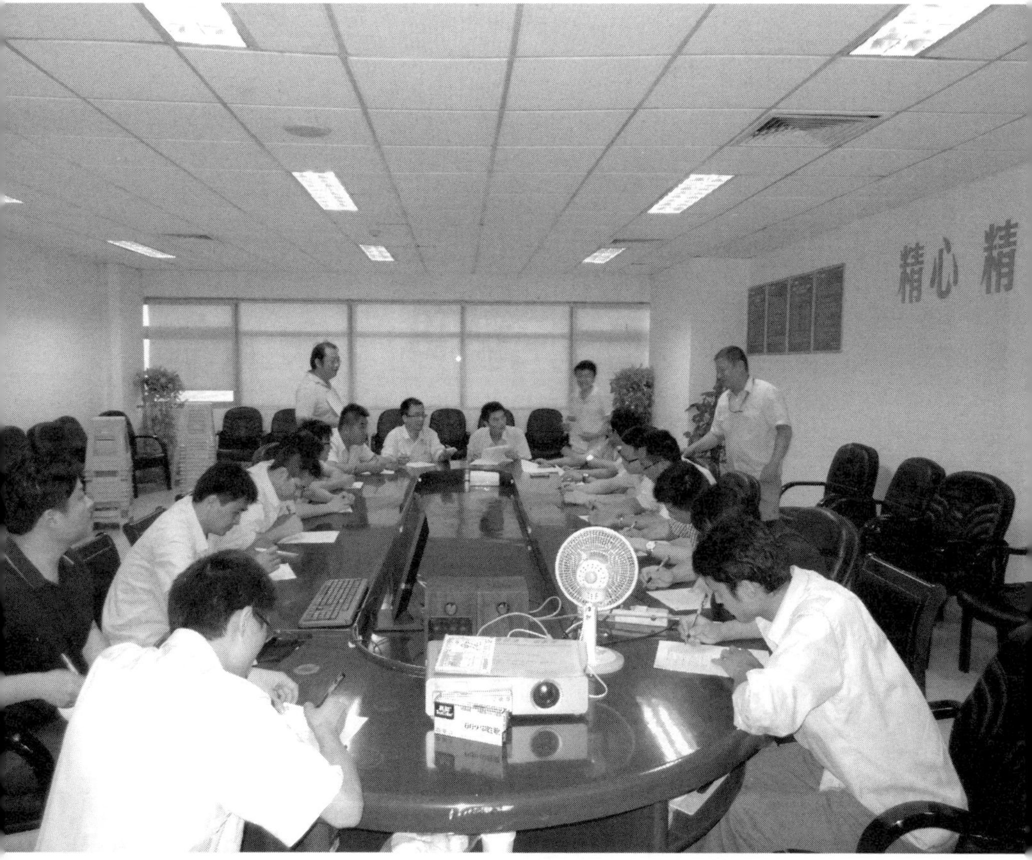

胡胜组织理论考试

来参加聘任仪式的江苏省教育科技工会副主席孙焱也对胡胜的讲座赞不绝口。

“我国工人与欧美发达国家工人的工作效率孰高孰低？与他们开展职业教育有什么不同？”这是师生们经常会提出的问题。幸好胡胜有过两次到国外学习考察的经历。他山之石可以攻玉，胡胜乐于向他们分享自己所见所闻。

2007 年 2 月，作为第二届全国数控技能大赛职业车工组第一名，胡胜受邀到世界最大的刀具厂——瑞典山特维克公司参观学习。

瑞典的机械化和自动化水平之高，让胡胜感到非常震撼。所到之处看到的都是工人很轻松，机器很忙碌。在一个偌大的生产车间，胡胜只看见了 3 个人，却有好几十台数控机床在不停地运转。而这 3 个工人在干什么呢？ 1 个人在喝咖啡、吃东西，1 个人在看报纸，1 个人在听音乐。而我国的现状却是，机器很轻松，工人很忙碌。在瑞典的另一个组装车间，胡胜见到的是工人的不紧不慢、不慌不忙，在操作中根本看不到一个多余的动作和环节，这是每个企业都把强化员工培训放在首位带来的成果。我们的工人，看起来很快，无效劳动却很多，效率自然就很低。“我测算，瑞典工人的工作效率应该是我国工人的 2.4 倍。17 年

胡胜在南京大学宣讲

胡胜组织参赛选手培训软件

过去了，我们与这些发达国家工人的工作效率并没有实质性地缩小。为什么中国工人以吃苦耐劳著称，工作效率却比较低？答案是受制于机械化和自动化水平不高。”胡胜如此说道。

工业强国，除了工人的高素质和高技能，硬件条件必须跟上。

2014 年 11 月，胡胜参加了国务院国资委组织到德国排名靠前的几家数控企业、相关大学和职业学校的学习考察。

在我国，考不上大学的学生才会被动选择进入职业院校或技校，使得进入职业教育范畴的生源素质无法得到保证。而在德国，一些优秀学生反而愿意报考职业学校而非高等院校。只要有心仪的专业，都能找到相应的职业学校。比如，有一所职业学校的专业是组装汽车赛车，而且学生可以优先参加全国职业学校以联盟形式组织的赛车比赛，热爱赛车运动的学生自然就更热衷于报考这个专业。只要专业对口，职业学校毕业的学生在德国根本不愁找不到工作，而且工资待遇也普遍比非职业院校的毕业生高。

德国的企业没有什么工匠，更没有什么大师，一切靠制度，收入靠实绩。德国企业多为民营企业，重视人文关

胡胜被聘为外聘老师

怀是它们发展壮大的根基，即便企业遭受大的损失，也不会轻易降低工人工资、随便解雇一个工人。一家三代在同一个工厂就业的情况比比皆是。

跟企业分享工匠精神，胡胜就不能按原有的套路出牌了，大道理生产不出好产品，他得直奔主题，拿出一些干货来。讲座要有更好的效果，必须用路演的方式，着力于讲清楚技术、产品、质量、精度如何与工匠精神接轨，认真分析班组建设、技术队伍、创新能力如何达到工匠标准。一指之力，哪能抵得上双拳十指。他们这个群体，践行工匠精神的最优选项就是群策群力攻坚克难。

“对具备工匠精神的人来说，工作不只是眼前的苟且，还有诗和远方。古人有句话叫‘技近乎道’，就是说技艺层面的不懈雕琢和追求，乃是为了寻求与最高的‘道’相亲，正是在这样的逻辑下，产生了数不胜数的古代名匠。”这是一名南京大学生听了胡胜的讲座后所写的心得体会中的几句话。

一片“匠心”在玉壶。胡胜认为，恪守“匠心”，就必须热爱和捍卫自己的选择，忠诚于自己的事业。

2024 年 12 月，江苏省总工会用于开展爱国主义教育成立的江苏工匠学院，将江苏教科职工劳模精神教育实践

胡胜在中国浦东干部学院学习

中心的牌子挂在了胡胜所在的厂。这块牌子，是因胡胜而设置的。多了一个头衔，就又多了一份职责。

东南大学、南京工程大学、河海大学、三江学院、南京航空航天大学、南京大学……这是胡胜接下来将要进行的讲座行程。

第十五章 天命之年再出发

“胡胜，入党了?”见胡胜戴着党徽，很多人都在问他。

“是的，7月份刚转正呢。”每每遇到这个问题，胡胜都会下意识地挺挺胸，很郑重地作出回答。

“入党后，胡胜更不一样了。”工友们都说胡胜的工作劲头更足了。

2024年，满50岁的胡胜成为中国共产党的正式党员。像胡胜这样风生水起的人物，这么一大把年纪才加入党组织，是功成名就之后捞取政治资本吗？答案显然不是。

“前些年，我整天忙于工作，疏于学习党的方针政策和各种政治理论，在思想上是不合格的。迟迟没有加入党组织，是我一直觉得自己还不够格。”这是胡胜入党申请书中写到的。

“中国共产党领导全国人民站起来、富起来、强起来，体现了这个世界第一大政党的伟大。中国共产党领导下的国防军工，日新月异的发展有目共睹，彰显了屹立于世界东方的大国地位。随着年龄的增长，我充分认识到自己不能只干工作，一名合格的新时代工人更要讲政治。通过认真学习党的理论和方针政策，我深感自己如果加入这样的党，将是何等的荣耀！在48岁时，我向所党总支提交了入党申请书。”这是胡胜作为入党积极分子，被列入发展对象时谈的体会。

在胡胜家里的书桌上，除了大量工具书，还有《光荣与梦想：中国共产党1921—1949年（3卷本）》等十来本党性教育类读物。信手抽出一本，书中很多地方都标注有简短的学习体会。

“入不入党，都是在为党和国家工作。把工作干好，就是对党和国家的忠诚。”胡胜承认，他当年确实是这样

参加创新展，胡胜（右）与部门书记王爱祥合影

想的。党组织的各种活动多，自己的工作任务又重，难以保证能够经常参加，他担心自己会拖了组织的后腿，成了组织的负担。事实证明，这些想法是多余的，必要的党组织活动和党性教育是有助于业务工作的。

胡胜为什么突然这么积极地渴望加入党组织？他的父亲起到了关键性作用。

年逾八旬的父亲胡金海，是一名超过50年党龄的老共产党员。父亲这个老共产党员，在厂里负责住房工作多年，但父亲干到退休家里也没有分到住房。胡胜和弟弟当年也很不理解父亲。在胡胜20多岁时，母亲跟父亲离婚，是不是因为父亲的过分正直，胡胜不得而知。但父亲在单位的口碑一直很好，胡胜是知道的。

父亲很少过问胡胜的工作和生活。胡胜与父亲已经二十多年没在一起居住，父亲除了知道胡胜获得的一些荣誉，并不知晓胡胜的政治生活状况。在父亲的认知里，胡胜理应是一名共产党员。而事实却让他难以置信。得知儿子还没入党，父亲把他叫回了家。

“你的荣誉是谁给你的？你为什么迟迟没有加入党组织？是表现不好，还是别的原因？”历来对自己不闻不问的父亲，一见面就连珠炮似的抛给了胡胜三个问题。

“荣誉是党和国家给我的。坚定地跟党走，扎扎实实为党和国家工作，入不入党都一样。”胡胜说了自己的真实想法。其实，胡胜在两个月前参加厂里组织的中国共产党辉煌成就展时就有了加入党组织的想法。父亲这番严厉的诘问，更坚定了他的决心。

一个多小时的交谈。这是父亲 48 年来对胡胜说话最多的一次。胡胜心悦诚服，当即决定向党组织靠拢。

“在干吗啊，都凌晨 3 点多了，还不睡？天亮送孩子上学后还得上班呢。”妻子王松芹悄然来到了书房。

“写入党申请书呢。”胡胜抬眼回答。胡胜的眼球已经熬得发红，桌子上是一大堆揉碎了的废纸。

“别逗了，你都多大年纪了？”王松芹笑着调侃丈夫。

“好事不怕晚。”胡胜一本正经地回答妻子。

胡胜确实没有注意时间，没想到已经这么晚了。妻子主动揽过了天亮送孩子上学的任务，让胡胜赶紧睡觉。

胡胜说，写好一份入党申请书，其意义丝毫不亚于完成一次技术革新或执行一次重要任务。他提交的入党申请书至少重写了八九遍。起初，胡胜从网上搜索了好几篇入党申请书的范文想作为参考，并从中借鉴和吸纳一些内容，但事与愿违，没有一句能够用得上。对党的认识、入党的动机、入党后如何践行党员职责，都无法代表自己真实的想法。精度，是数控机床加工者的使命，也是胡胜始终秉持的理念。在入党这个问题上，必须更加精准，千万不能走过场，这是胡胜屡次重写和修改申请书的原因。

“我想入党。”胡胜边说边郑重地将字迹工整的入党申请书呈给了厂党支部书记王爱祥。

“欢迎胡胜同志申请加入党组织，待支委会研究通过后，再接受组织的考验。”王爱祥一愣，紧接着握住胡胜的手说道。

王爱祥说，很多入党积极分子提交的申请书都是千篇一律，认识也很不到位，常常会被打回重写。胡胜提交的入党申请书不但一次过关，还成了全厂入党积极分子的范本。胡胜也很乐意跟入党积极分子们分享自己的心得。

50岁，天命之年。成为中国共产党的正式党员，这是组织送给胡胜的一份厚礼，更是组织对胡胜工作成就的充分肯定和奖掖。

誓言无悔。2024年7月1日，胡胜与全厂20多名转正的中共党员一起，进行了入党集体宣誓。拳拳誓言，难以表达胡胜心中的炽烈。

“是党员，要发挥好带头作用，就得多干，标准还得

江苏大工匠合影，左三为胡胜

更高。”入党后，50 岁的胡胜更忙了。这是大家共同的感受。

“不是开会，就是加班，胡胜忙得不着家。”女儿上大学了，儿子也上了幼儿园，妻子王松芹不想再当全职太太了。但是，胡胜总是那么忙，自己这个全职太太还得一直当下去。王松芹的苦笑中，有无奈，也有欣慰。

不忙不行啊。不妨了解一下胡胜每天的日程。每天 6 点起床，先得送儿子到幼儿园，然后往 35 公里外的厂里赶。这 35 公里，需要先骑 15 分钟电动车，然后再用 50 分钟坐 21 站地铁，最后用 20 分钟坐单位的接驳车到厂区。每天上班往返近 3 个小时。中午休息 1 个小时，上班时间是固定的 8 个小时。也就是说，胡胜从离家到回家需要 12 个小时。胡胜总是那个喜欢多干活的人，碰上隔三岔五的加班，时间就更长了。

这是日常，对胡胜而言，根本不值一提。

关键是新的任务又来了。

“老胡，跟你商量一件事。”车间主任石建峰把胡胜邀请到办公室说道。

“啥商量，别绕弯子了，有事尽管吩咐。”胡胜跟石建锋私交也不错，知道他找自己，一般情况下就是要给任务了。

“厂里要对车间加工能力进行整合，准备把零件钳工班组并到别的班组，并到你们数控组，怎么样？”胡胜迟疑片刻就接了招，答应了下来。

答应很简单，问题却来了。原零件钳工组的业务保持不变，这就意味着胡胜带领的数控组今后要承担零件钳工和数控加工两个工种的业务，而这两个工种又根本不搭界。更麻烦的是，零件钳工组除了留下3个50多岁的老师傅，人员全部被调走了，技术力量难以为继。数控加工的业务量本来就非常大，胡胜因此面临着很大的挑战。

组织信任，多难都得上。2009年，厂里将3个数控加工班组合并为一个班组，让胡胜来挑这个担子，他不也一样打理得正规有序？全厂数控加工组工人最多时有55人，一直在缩减，现在只有16人了，胡胜不也一样扛下来了？

第一要务，得把队伍建起来。胡胜从数控加工岗位抽调了5名精兵强将充实到零件钳工岗位，他将自己也铆在了这个岗位。全新的岗位，从未接触过的专业，临时组成的人员，既要当好“工头”，还得从学徒从头开始，胡胜更忙了。

庆祝中国共产党成立 100 周年大会期间在天安门的大国工匠合影，右二为胡胜

人生可比是海上的波浪
有时起有时落好运歹命
总吗要照起工来行
三分天注定七分靠打拼
爱拼才会赢

面对挑战，胡胜又唱上了，这次唱的是《爱拼才会赢》。爱，就有温度；拼，代表了努力。爱了，拼了，赢面自然就大了。

不到半年时间，胡胜和另外5名工友就熟练掌握了零件钳工技术，使这一工种正常运转起来。现在，班组不但能够完成零件钳工的工作，还能主动承担一些装配钳工的任务。

“让胡胜接下零件钳工班组，我也是试着一问，没想到他竟然很爽快地答应了。更没想到的是，零件钳工班组这么快就能运转起来。‘硬骨头’还得老胡来啃啊！”石建峰感慨道。

车间的空调坏了，在零件钳工工位上挥汗如雨的胡胜定格在笔者的视线里。

“让干什么就干什么，要干什么就必须干好什么。”谈及今后的打算和愿景，共产党员、班组长胡胜平静如常。成绩只属于过去。虽然已到天命之年，但胡胜不会用“顺其自然”来推卸自己的责任。

胡胜，天命之年再出发。

后 记

因为胡胜太忙，我的采访算不上流畅，加之军工企业的一些保密要求，可能或多或少地影响了文本的表达和书写，但丝毫不影响我对这个“大国工匠年度人物”“工人院士”的敬仰。

诚实、诚信、诚恳、诚意、真诚、忠诚、坦诚、竭诚……这些是我在与熟识胡胜的多人中交谈时听到的词汇。《说文解字》说：“诚，信也。从言成声。”意谓对待人要诚实讲信用。《礼记·中庸》也说：“诚者，天之道也；诚之者，人之道也。”这是认为“诚”是天的根本属性，努力求诚以达到合乎诚的境界则是为人之道。

“诚”如胡胜。

“1999 年，胡胜因为技艺精湛，作为特殊人才被引进到十四所。”这是一家知名媒体2020年在胡胜获得“大国工匠年度人物”后对他进行宣传报道的内容。对于媒体的贴金和粉饰，很多人可能就笑纳了，但胡胜并不认同。胡胜认为，宣传报道要客观真实，不能为了追求宣传效果而随意美化。胡胜说，自己当年技艺精湛不假，确实已经是“南京市千名岗位能手”，但他绝不是作为特殊人才被引进到十四所的，而是自己跳槽过来的。人往高处走，自己觉得十四所这样的军工企业好，有发展前途，就主动报名前来投奔了。

“2006年的全国数控大赛，凭着3微米的加工精度，胡胜从全国数以万计的各路精英中脱颖而出，一举夺冠。”这也是节选自一家知名媒体的报道内容。胡胜说，通过艰苦鏖战，自己夺得了这次大赛的第一名，但是这个3微米的加工精度，则是一年之后自己在攻关“空警-2000预警机”核心零部件时才做到的。可以突出这个第一名，但没有必要因为宣传需要而移花接木。

诚实，当遵从自己的内心。言行一致，既要自己不虚假，还不能接受虚假。胡胜一再嘱咐我，千万不要把以前那些拔高的虚假报道内容移植到新的文本上去。

刚到十四所时，受命将两台德国进口数控机床运行起来的胡胜几近崩溃，很多人劝他“吃回头草”，回到原单位照样鹤立鸡群，但胡胜一直没有放弃。历尽艰辛，胡胜终于啃下了“天书”一样的两本英语说明书、如愿将合格的产品加工了出来。在机床工位上，有多少人能直面日复一日屡败屡战生产出来的一件件废品？但胡胜能，他心里一直装着自己许下的承诺——无论有多艰难，都决不撂挑子，那是他做人做事始终秉持的诚信。诚信在，就能坚守。诚信在，就能达成。

“不许说谎、不许骂人、不许偷奸耍滑。”这是外公教给胡胜做人的“十四字箴言”。这十四字，涵盖了文中所有关于“诚”的词汇。在胡胜眼里，一生良善、老实巴交的外公就是他的启蒙老师和人生导师。童年的胡胜所受的教育，受制于一些主客观原因，但外公赐予的这个“诚”字，却使他终身受用。人言父母是自己最好的老师，胡胜却说外公才是自己最好的老师。因为工作忙，抑或别的原因，父母没有很好地尽到抚养自己的义务，但是胡胜没有责怪。学会独立行走，才会更加敬畏生命；如蝼蚁般坚韧地生存，才使生活更加真实。在胡胜眼里，一片绿叶，也可以是一个春天，狭小的空间，也能感受到自足。

夺得全国数控技能大赛第一名，胡胜到手的奖金，林林总总近7万元，这对当年收入低、经济困难的胡胜而言，无异于雪中送炭，但他要拿出一半来犒劳工友和回馈亲友。胡胜认为，自己不是一个人在战斗，没有团队的共同努力，没有亲友的大力支持，这笔奖金是拿不到的。懂得分享，才能体现真诚。在金钱面前，才能看出一个人的诚意。

业界的顺口溜：“紧车工，慢钳工，不紧不慢是铣工，吊儿郎当干电工，不要脸的是焊工（因为要戴面罩）。”意思是说，车工是一个累死人的工种。当了车工，不但要受制于领导，还得受制于工作，苦累、枯燥是难以承受之重。同胡胜一起进厂的同班同学，到了第10年，就只剩下胡胜这根“独苗”了。位卑未敢忘事业。胡胜认为，自己是一名工人，更是一个匠人，干好手中的活计，才是唯一的使命。既然不可跨越，那就情有独钟，把它当成终身的事业来干。对事业的执着，彰显了胡胜的竭诚。

“我这一辈子最感激的人是胡胜。”王诚说。王诚当年是班组唯一的本科生，由于没有正式职工的指标，王诚只能以劳务派遣的临时工身份进厂。王诚学历高，人也机灵，是个可造之才，胡胜决定亲自带他。但王诚毕竟是新手，加工件的差错率非常高，有几次还因为造成了机器故障，要被单位追责。追责就是污点，不能让这棵好苗子就这样废了，胡胜冒着被处分和被罚款的风险，主动将责任揽了下来，承认是自己操作不当所致。王诚将对胡胜的感激之情化作工作动力，业务水平提高很快，不到一年就成了胡胜的得力干将。不负胡胜所望，王诚成长为“江苏省技术能手”，因此直接进入正式编制。胡胜带领的班组之所以多次被所、厂两级评为先进班组，除了他自身过硬的专业技术、埋头苦干的工作作风，还有他诚恳、坦诚带来的亲和力。不能手里拿着锤子，看什么都是钉子。只有宽厚仁爱，才能与人友好相处，才能达到共赢和多赢。对于自己的问题或过失，胡胜会诚恳地接受领导和同事的批评，坦诚地作出深刻检查。工友出现工作失误被问责时，胡胜总是率先把责任揽过来，然后再和大家一起分析原因，共同进行整改。

热爱不衰，奋斗便不泯。选择无悔，那些苦累铸就的荣誉和光环，不就代表胡胜这个普通车工的忠诚吗？

具体的人，身上必然沾着现实的灰。没有丰厚的学识，还没有良好的品行，肯定会殃及天赋和才华，要想不被出局就得持“诚”重“德”。胡胜做什么事看似都没有目的，但其实他心中始终有一个隐形的目标，那就是做什么事都要尽可能做到最好。往该走的地方走，不需要很快，一步一个脚印，永不停歇就行。

胡胜，靠一个“诚”字立身，靠一个“诚”字行事。得到的是心安，换来的是敬重，赢下的是事业。他常说：你以“诚”交心，别人就会以“诚”回馈。

以“诚”修身，唯“诚”是举。“诚”如胡胜！

2024年12月